TU AS TRAVAILLÉ
TU AS PARLÉ
TU AS RÊVÉ
BU, MANGÉ
FAIT L'AMOUR
ET MAINTENANT ?

MÉMOIRE
D'ENCRIER

1260, RUE BÉLANGER – BUREAU 201
MONTRÉAL, QUÉBEC H2S 1H9

INFO@MEMOIREDENCRIER.COM
MEMOIREDENCRIER.COM

HORS-SOL

REMERCIEMENTS

À Mélikah Abdelmoumen
et Philippe Manevy,
mes merveilleux intercesseurs.

À Rodney Saint-Éloi
et Yara El-Ghadban,
pour leur accueil,
leur confiance, leur écoute.

À celle qui fut et sera toujours
ma première lectrice.

Agronome portugais exilé en France, Alvaro cherche un paradis hors du monde. Il débarque à Montréal, où il croit trouver cet Eden dans une serre hydroponique au *champ des possibles*, dans le Mile-End. Or la serre, univers fragile, est détruite. Alvaro doit tout recommencer en Islande. Amoureux de Hinrika, il rêve de trouver ancrage auprès d'elle. Hors-sol comme les plantes qu'il cultive, Alvaro est confronté à sa condition de nomade sans racines : a-t-on besoin de lui dans cette communauté où des femmes organisent seules la vie ?

Né en France en 1973 de parents coréens, **PHILIPPE YONG** vit à Montréal où il enseigne la littérature. *Hors-sol* est son premier roman.

PHILIPPE YONG

HORS-SOL

À Marion, à Lucille et Ysé,
qui m'ancrent.

I

On sait que la culture hors-sol, notamment dans sa forme hydroponique, modifie substantiellement la morphologie des plantes cultivées. Des thallophytes les plus simples, dont les champignons restent les représentants les plus connus, aux spermaphytes, toutes les familles botaniques, si elles conservent les caractéristiques générales de leurs homologues élevées en terre, connaissent avec la disparition de leur substrat d'origine des transformations déjà bien documentées par la littérature scientifique.

Reste un sujet souvent négligé par les chercheurs, peut-être rebutés par son peu de visibilité, dans tous les sens du terme : celui des modifications structurelles que subit le système racinaire des plantes cultivées en hydroponique. Elles sont pourtant à la fois bien réelles et fondamentales pour qui souhaite comprendre l'équilibre subtil qui doit présider à tout projet de culture hors-sol.

> « Le système racinaire des plantes cultivées hors-sol », revue *Hydroponiques*

Il y avait du vrai dans cet article.

Ce matin encore, Alvare s'était pris à démêler le délicat écheveau qui pendait de ses tubes en PVC, à hauteur d'homme. Les racines étaient blanches, délicates, aériennes et cassantes. Elles n'avaient jamais eu à se défendre des multiples agressions de ce milieu sombre, hostile, colonisé et changeant qu'est l'humus. Plus de parasites, de gel, de sécheresse. Plus de sol gorgé d'eau qui étouffe et fait pourrir. Elles croissaient libres, dans un air à 26 °C. L'hygrométrie constante et optimale les baignait dans la moiteur d'une étuve sans qu'en remonte, comme dans les serres des jardins botaniques, la doucereuse et âcre odeur de la terre. On ne sentait qu'un fade relent de propre, et seules des bottes mal rincées, laissant leurs traces dans les allées, venaient rappeler que sous le ciment des fondations, le sol vivant bougeait, grouillait, se transformait encore.

Les serres elles-mêmes, et leur belle géométrie répétitive, semblaient posées à même le paysage plat et ouvert de ce bout de terre urbaine perdu entre deux masses d'entrepôts. On avait décidé de cultiver là, de réveiller la friche maltraitée par des années d'usage industriel. On désirait conjurer le sort qui veut que l'homme use et abuse, puis rende stériles les espaces qu'il occupe. Il aurait fallu, pour dépolluer les sols, tout excaver, remplacer le substrat souillé de métaux lourds et d'hydrocarbures, creuser à cent mètres au moins pour atteindre à une eau pure qu'on aurait pu capter.

Mais à quoi bon ? La reconquête pouvait être plus simple. Une chape de béton sur le terrain aplani, une eau recueillie sur les toits voisins, un puits géothermique, deux rangs de serres préfabriquées : on avait à peu de frais *revalorisé, restauré, rendu à son usage premier* un désert. Et maintenant, sous sa bienveillante surveillance, tout y poussait.

Il y a, dans la racine d'un plant hydroponique, comme l'idée d'une épure. Ses fonctions sont réduites. Elle n'est plus l'ancrage, partie cachée de l'iceberg, qui éviterait l'arrachement. Ses poils absorbants se déploient dans un milieu au pH constant, sans résistance mécanique : elle est libérée de l'ingrat et aveugle travail de prospection de ses consœurs terriennes. Plus de lutte, de circonvolutions ou de retraite provisoire : la racine s'épanouit sans contraintes, colonisant un espace restreint mais sain. Point d'obstacles : elle emplit bientôt son tube de PVC d'un réseau dense de radicelles siamoises.

À côté se répète la même opération. Une racine presque jumelle, et elle-même libérée du joug du sol, croît à un rythme presque identique. Logée dans un tube en tout point semblable, elle ne cherche pas, comme une racine terrestre, étendue ou profondeur : c'est dans tout ce volume circulaire qu'elle crée puis densifie son maillage. Les radicelles se lovent et s'entrecroisent, quadrillent l'espace qu'elles épuisent, et captent ce jus si riche dont elles abreuvent la plante.

De rang en rang, quand il les parcourt, Alvare pense à ce processus silencieux, qui l'apaise. Comme une classe au travail, un groupe d'enfants absorbés dans leurs jeux, une chorale chantant à l'unisson, ses plants tendent tous vers une précieuse harmonie commune. Ils croissent imperceptiblement dans le bruissement électrique des pompes qui diffusent et drainent la solution nutritive. Au-dessus d'eux, les lampes font bien mieux que la pâle lueur du jour : elles reproduisent son spectre lumineux et l'amplifient. L'illusion est parfaite : fraises, concombres et courges rivalisent de couleurs dans une lumière digne du soleil en majesté d'une parfaite journée d'été.

Et pourtant, au dehors, lorsque son regard quitte l'espace d'une seconde ce bel alignement, tout n'est que vent et froid. Les parois ruissellent de buée et gouttent au sol, tant le contraste entre leurs 26 °C et l'hiver boréal est fort. Sur les toits, la neige semi-opaque laisse filtrer une lumière grise et fade. Il arrive qu'un souffle venu du dehors frappe en rythme sur les pans vitrés des deux serres jumelles, au point que celles-ci en tressaillent. Mais elles ne cèderont point, et le monde aura beau cogner ainsi à sa porte, ce bel univers clos continuera de vivre, hors du temps, dans une paix que peu d'habitants de la ville auront le bonheur de connaître.

Alvare se sentait élu, parvenu en un lieu de refuge dont on l'aurait fait roi. Comme si des mois d'errance désorientée s'étaient achevés là, dans la tiédeur de ce vase clos, au milieu de plantes luxuriantes et muettes, bienveillantes. Il les effleurait en passant et lorsque, chargées de fruits, leurs branches dodelinaient, elles semblaient lui offrir un discret salut, un geste d'allégeance. Ses protégées ne pouvaient ignorer qu'il leur donnait tout ici, qu'il contrôlait en quelques clics leur milieu. Savaient-elles qu'une négligence, un oubli de sa part pouvaient les condamner ? Toutes flétriraient alors, brûlées par le froid ou par l'acide d'une solution mal dosée. Leurs feuilles, en mal de potassium, seraient grêlées de trous puis noirciraient. Ou, victimes d'une croissance trop rapide, leurs tiges s'affaisseraient puis crouleraient, abandonnant leurs fruits au sol.

Rien de tout cela n'arriverait, bien sûr. C'était un monde stable, il l'avait trouvé. Il allait le préserver.

Lorsque la lumière déclinait, son humeur se faisait plus sombre. Il allait devoir quitter la serre, et avec elle, ce lieu hors du temps et de la ville qui le comblait sans limites. Une mélodie d'ascenseur en trois notes sortait du haut-parleur central, qui marquait la fin de son service. Restait alors la tournée d'inspection, dont des pictogrammes colorés traçaient le chemin toujours répété. Armé d'un lecteur de codes-barres qu'il scannait en tête de rang, il signalait son passage d'un bref geste vertical. On s'assurait ainsi de son sérieux : quatorze points de passage par serre, selon un rituel immuable, auquel il avait fini par prendre goût, mais qui le rapprochait aussi du moment de la sortie.

Dans les tout premiers temps, juste après son embauche, il avait dormi là plusieurs soirs par semaine. La douce moiteur de l'atmosphère contrôlée, le murmure liquide du système de drainage : tout concourait à l'apaiser, tout l'invitait au repos. Du matelas posé sur le sol, il entrapercevait le ciel entre deux rangées de feuillage dense et pensait aux cabanes perdues de l'enfance, à ces lieux qu'on gouverne et que rien ne peut venir abattre.

Ses rêves se peuplaient de forêts et de voix diffuses, sans heurts ni violence, et l'eau qui l'entourait se faisait lac, rivière ou mer. Il se laissait porter, dans le noir imparfait de la serre, protégé au dehors par l'ombre des entrepôts qu'il savait maintenant déserts, et le calme qui s'était si souvent refusé à lui venait peu à peu, sur la chaude dalle de ciment qui l'isolait de la terre gelée. C'était là, enfin, que la vie ralentissait, que tout faisait silence, et que ses souvenirs acceptaient un moment de le quitter pour hanter, peut-être, d'autres esprits fatigués. Lui fermait les yeux en confiance, se couvrait d'un léger drap de soie et quittait le monde pour un temps.

Mais ce bonheur ne dura pas, et ce petit espace nocturne arraché au flot incessant des choses lui fut retiré.

— Comment expliquer qu'à la fin de la tournée d'inspection des 3, 5, 6 et 9 février, le système n'ait pas enregistré votre ultime code-barres, celui qui sanctionne votre sortie ? Savez-vous qu'il s'agit d'un manquement grave ? Utilisez-vous votre lieu de travail pour des activités parallèles illicites ?

Lorsque l'inspecteur dépêché par le consortium qui l'employait lui posa ces questions, il aurait voulu lui parler de refuge, de la douce chaleur de la dalle, du bruissement des canalisations qui agissait sur lui comme un puissant calmant. Non, il n'était pas itinérant, oui, il avait un logement, un demi-sous-sol confortable en proche banlieue, il le rejoignait plusieurs fois par semaine. Oui, des amis aussi, une vie sociale. Non, il ne souffrait pas, ou plus, de l'expatriation, tout cela était loin.

— Alors pourquoi dormir là, sur le sol, sans douche ni cuisine ?

Il était resté muet un instant.

— Parce que... je suis bien ici. Je fais bien le travail, vous savez, je tiens à cet endroit. Regardez mes chiffres de production, le pourcentage de non-consommables a encore chuté, et mon budget phytosanitaire est presque nul. Laissez-moi une chance, s'il vous plaît.

— Virez-le, encore un taré, ou en passe de le devenir. Dormir là, et quoi encore, manger les plantes en salade, organiser des parties fines ?

Les mots du patron étaient clairs, et l'inspecteur, dans un soupir, referma le clapet de son téléphone.

— Rentrez chez vous, et attendez un courriel de la direction, il arrivera dans la journée.

Dans son bureau d'angle au centre-ville, Richard Darcheville fut pris d'un doute en ouvrant le dossier de son employé : Alvaro Sarmento, un ingénieur senior en production végétale, trop capé pour le poste, aux résultats plus que probants, capable de dormir sur son lieu de travail ?

Il recomposa le dernier numéro appelé.

— C'est bon pour cette fois, mais l'avertissement restera au dossier durant un an. Plus d'entourloupes, on dort chez soi, d'accord ?

Alvare avait acquiescé. Il aurait voulu prendre l'inspecteur dans ses bras, mais se contenta d'une timide poignée de main.

Il quitta une nouvelle fois à regret le *champ des possibles*. C'est le nom que des habitants du quartier, qui traversaient depuis des années cette friche ouverte aux passants et aux vents, avaient trouvé pour rendre compte de tout ce qu'on pourrait y faire. Trois frontières la bordaient, qui disaient l'histoire de la ville : les hauts murs d'un monastère encore clos sur ses valeurs d'un autre temps, la voie ferrée transcanadienne et ses interminables convois, les façades brutalistes d'un ancien entrepôt. Des sentiers informels, raccourcis buissonniers défiant le plan au cordeau des bâtiments à moitié vides, avaient fini par tracer en tous sens un réseau dense de trajectoires : on s'y croisait peu – l'espace était immense, les piétons aventureux se faisaient rares – mais chaque passage dans ce lieu maltraité puis laissé à lui-même était comme un geste citoyen. Rompant la monotonie des parcours imposés, chaque homme, femme, adolescent ou enfant se faufilant entre deux grilles disjointes se libérait, sans peut-être en avoir conscience, de la tyrannie rectiligne des déplacements urbains. On y foulait la terre, on marquait la neige vierge de son empreinte, on tâtonnait sur la glace, on le traversait en diagonale. On en sortait vainqueur d'un ordre que, le temps d'un trajet libre, l'on contestait en cheminant ainsi.

Alvare, au fil des semaines, avait emprunté tous ces détours et tracé lui-même quelques sillons, parfois adoptés par d'autres. Chaque jour, il en changeait, retardait de quelques pas le moment de rejoindre le béton et l'asphalte et d'abandonner pour un temps la liberté des possibles. À l'architecture calculée des bâtiments utilitaires, il préférait celle des arbres. Découvrir le champ avait réveillé en lui des souvenirs lointains de botanique et d'arboriculture, passage obligé et aimé de ses années d'études. L'hiver avait cet avantage de révéler, sur le fond presque neutre de ses ciels monochromes, la structure des essences. Dépouillés de leurs feuilles, les arbres livraient tous leurs secrets, sans dissimulation : le Peuplier de Caroline, ce pionnier des sols pauvres, croissait haut et vite, multipliant les fourches, car sa vie était courte. Il colonisait puis mourait en fertilisant les sols pour les autres. L'Orme de Sibérie, le mal-aimé venu d'Asie, étendait son empire à l'horizontale, en un réseau tortueux qui disait son désir de tout envahir. Le Nerprun cathartique faisait pire : toutes ses parties, une fois tombées au sol, rendaient les sols toxiques, tuant la flore locale. Et pourtant, ses baies presque noires faisaient le bonheur des oiseaux, qui dispersaient à l'envi ses semences mortifères. Il se jouait ici, bien loin du havre contrôlé des serres, une guerre végétale sans merci, silencieuse, mais qui, au nom de la survie de l'espèce, visait toujours à conquérir et à supplanter. Fruits appétents, stolons pionniers, haptotropisme des vignes vierges : chaque plante avait ses armes pour disputer aux autres cet espace négligé par les hommes.

Au printemps, une étonnante métamorphose s'opérait dans le champ. Le quadrilatère boueux pris dans l'étau d'une voie ferrée et d'une route verdissait. Les fiers vestiges, ici une carcasse de sécheuse, là des pneus de poids lourd, perdaient de leur superbe, conquis qu'ils étaient, jour après jour, par d'insistantes herbacées. Les indices d'une évidente vie animale, furtive et invisible le jour, attendaient sur ses sentiers improvisés le piéton attentif. Une carcasse, les reliefs d'un repas de petit prédateur, les œufs brisés d'un nid : une fois les chiens partis, des drames nocturnes s'étaient joués ici, entre chats rôdeurs et renards, peut-être sous l'œil opportuniste d'une fouine ou d'un raton laveur. Les fourrés se faisaient denses, abritant dans l'ombre ces nouveaux arrivants, qui se moquaient bien des métaux lourds et de l'amiante. La vie reprenait ce que l'homme avait abandonné, et rien mieux qu'elle n'aurait su s'immiscer sur cette terre qu'elle occupait maintenant en majesté.

Une nouvelle race d'aventuriers parcourait *le champ des possibles* : des promeneurs. Un vieux piano, quelques tables formaient une agora improvisée, la fumée des barbecues faisait saliver, sans doute, les quelques habitants à fourrure qui se disputeraient les restes la nuit et le calme revenus. On débattait au coin nord, du haut d'un tabouret, comme à Hyde Park Corner. Un entomologiste et son filet fendaient l'air de gestes précis et souples, traçaient des arabesques virtuelles qui faisaient ployer sous elles les hautes graminées sauvages. Des enfants l'aidaient ensuite à compter sa précieuse récolte. On quantifiait, classait, traduisait en mots et chiffres cette belle évidence : la terre souillée renaissait, et l'homme n'y était pour rien.

Des toits voisins, un curieux, venu fumer une cigarette en méditant, n'aurait pu manquer un étrange signe tracé à même le sol, et dont les proportions invitaient à penser qu'il était destiné aux avions. Trois ronds de sable dans un cercle rappelaient les sombres heures de la Seconde Guerre mondiale : le symbole de Roerich, supposé protéger les lieux culturels, scientifiques et historiques des bombardements. Une artiste l'avait inscrit ici, créant un sanctuaire de fait, redonnant un sens à l'espace délaissé. Deux mois après, les plantes elles-mêmes l'avaient enfoui, et le symbole protecteur s'en était retourné à la terre. Un comité citoyen s'était très vite formé, alliage hétérogène d'habitants du quartier mûs par la volonté commune de s'emparer pacifiquement du lieu. D'une tribune improvisée, on lançait questions et inspirations du moment.

« Fallait-il cultiver ou laisser la nature faire son œuvre ? Avoir la fierté de consommer ce que le champ pouvait produire ou laisser la friche se repeupler en un flamboyant désordre ? » Chacun regardait autour de soi avec dans l'œil une image de ce qui devait être : un jardin communautaire ouvert, à l'image des belles parcelles voisines, mais sans grillages ou liste d'attente, un sanctuaire pour les deux couples de faucons pèlerins qui nidifiaient déjà ici, un espace de spectacles spontanés en plein air ? On décida que le *champ des possibles* pouvait tout être à la fois. Que chacun vienne et travaille à transformer l'espace, ou choisisse de le regarder vivre, il allait de nouveau exister, baptisé qu'il était d'un nom qui l'ouvrait à une étourdissante infinité d'usages. Il y eut, lors de cette assemblée, comme la joie d'une victoire sur l'ordre des choses : des gens, en bousculant un portail rouillé, avaient rappelé à la ville qu'en son sein, un petit espace libre permettait encore de la fuir. Et ces vainqueurs en proclamaient maintenant l'indépendance : les possibles allaient l'emporter sur le triste cours des choses, événement rare s'il en était, qu'il fallait célébrer. On décida, dans la foulée de cette révolte pacifique, que le champ devait s'ouvrir encore davantage, et c'est à coups de pince-monseigneur qu'on sectionna les grillages qui le séparaient de la voie ferrée. La lourde menace des convois subsistait, mais il fallait montrer l'absurdité de cette tranchée qui scindait la ville en deux.

Les faucons, malgré l'agitation qui s'ensuivit, restèrent nicher pour la saison. Les renards profitèrent d'un luxe inouï de proies vivantes et de reliefs cuisinés. Les enfants enrichirent leurs herbiers et leur vocabulaire. Les projections d'un soir sur un drap de fortune connurent succès et aléas. Les transats fatigués, sortis des coffres de terrasse, s'installèrent de travers. On y parlait, on y buvait en regardant le ciel.

Et bien sûr, certains voulurent cultiver sans attendre. On vit dès les beaux jours fleurir les bêches, et on récupéra de vieilles palettes pour clôturer des carrés de terre. On planta, on désherba, on attendit. On remarqua très vite les reflets irisés qui parcouraient les flaques les jours de pluie, les dépôts rougeâtres qui collaient aux mottes que l'on retournait. On vit aussi que les plants souffraient : tournesols aphasiques contemplant l'humus et non l'astre, laitues brûlées au sol, arbres fruitiers fertilisés mais restés stériles. Les mauvaises herbes pullulaient tout autour, mais la vie végétale des carrés s'anémiait : elle hésitait à croître.

Les résultats des analyses ne tardèrent pas : dans le compte rendu du laboratoire mandaté par la Ville s'égrenaient, comme surgis du passé, les noms barbares de ce qui habitait le sol et s'immisçait partout. *Mercure, cadmium, cobalt, chrome, hydrocarbures...* La litanie presque chantante s'étendait sur une page, et de la courte conclusion du rapport ressortaient quelques mots, comme une condamnation. *Impropre à la culture. Contaminé.*

Le *champ des possibles* s'était restreint. On pouvait fouler le sol, mais sous la surface, le passé industriel de l'ancienne cour de triage saturerait encore pour des siècles la terre marquée par l'homme. On n'y ferait rien pousser que des fruits et légumes frelatés avant même qu'on les cueille. La Ville s'était emparée du dossier, voyant là une séquence porteuse en termes d'images. Tout en protégeant la santé des citoyens, on allait leur proposer *une alternative*. On allait pour *le bien public, et parce que la mairie ne pouvait qu'encourager les initiatives citoyennes, revaloriser, restaurer, rendre à son usage premier un territoire indûment délaissé.*

On allait, sur une chape de béton, construire deux serres hors-sol.

C'est ainsi qu'Alvare avait découvert le *champ des possibles*. On l'avait recruté à distance : son CV, comme on disait, avait parlé pour lui, et dans le monde fluide, sans obstacles, des diplômés du premier monde, rien n'avait été difficile. La transplantation, étape pourtant redoutée de tout agronome, s'était dans son cas faite sans mal. Il était à l'image de ce qu'il cultivait, calibré pour s'épanouir dans tout environnement favorable, étonnamment neutre et flexible. Il n'en concevait aucune fierté. C'était, sans doute, un trait de l'époque que de produire des gens comme lui, qui pouvaient naviguer ainsi, dans les limbes confortables de projets excitants et reproductibles à l'infini. Dans la cabine de l'avion qui le menait à Montréal, il avait, par le hublot, regardé défiler le film tant de fois vu des banlieues d'abord vertes puis plus denses, des stades illuminés et des centres commerciaux gigantesques, des autoroutes urbaines à huit voies saturées du rouge des feux arrière. Les volets avaient freiné l'appareil, le train avant avait touché le sol : il aurait voulu applaudir, comme le faisaient quelques passagers heureux d'arriver, mais rien, à cette minute, ne l'avait traversé. Ce n'est que plus tard, après les premières nuits dans un apparthôtel, après les démarches indolores auprès d'une administration rassurée par son contrat, qu'il avait ouvert les yeux sur Montréal.

Il avait d'abord découvert ce champ, qui consacrait tout son génie végétal à redevenir une forêt. Les habitants du quartier l'avaient écouté avec attention et méfiance : ce fameux Consortium Ville Verte, qui prétendait respecter l'esprit citoyen de leur utopie urbaine, n'était-il pas le cheval de Troie d'un projet immobilier masqué ? On disait *distribution de paniers, projets éducatifs, agriculture raisonnée*, fallait-il entendre *greenwashing, gentrification, inflation immobilière* ? Il y eut un vote, serré, on demanda les plans, on surveilla les sondes du puits géothermique, on s'inquiéta du risque sismique. Alvare se fit patient, modeste, disponible, évoqua ses projets passés, expliqua, rassura. Le Consortium s'effaça habilement derrière la figure de cet ingénieur en production végétale qui avait franchi l'Atlantique pour cette initiative innovante. « Un projet, ça s'incarne, Alvare, pour celui-là, l'incarnation, c'est vous, pas nous », lui avait dit Darcheville. Et il avait raison : on saluait maintenant le nouveau venu, on le questionnait sur les récoltes à venir, on s'inquiétait de savoir s'il se plaisait ici. Il répondait, un demi-sourire aux lèvres :

— Je me sens bien partout, vous savez, je suis comme mes plantes, je m'adapte.

Il s'attardait maintenant chaque soir sur ce quadrilatère béni, et écoutait la rumeur de la ville avant de la rejoindre. Avec l'arrivée de l'hiver, il était souvent seul lorsque, se retournant une dernière fois, il saluait son royaume. Les serres, maintenant éteintes, se fondaient dans l'ombre bétonnée d'une façade anonyme.

Alvare avait lu quelque part que le génie d'une ville se mesurait en marchant. Si, pris par la beauté des lieux traversés, on pouvait se perdre sans que jamais ce bonheur d'être et de voir ne se rompe, on était dans une Grande Ville, de celles dont l'esprit magnifiait tout. Rome, Lisbonne ou Paris lui avaient fait connaître ce plaisir simple : se fondre pas à pas dans ce qu'il voyait, anonyme mais éveillé, libre de sentir sans penser.

Ici, à Montréal, marcher n'était pas chargé d'autant de sens. Ce parcours déjà tant de fois répété s'était inscrit en lui. Il se calait sans réfléchir sur un rythme qui ne variait jamais : rapide et fluide, constant, presque liquide. Les entrepôts de Gaspé étaient maintenant derrière lui. Près du métro, cafés, commerces et studio de yoga s'agglutinaient, espérant capter un peu du flot de citadins au pas pressé qui poussaient les lourdes portes pivotantes de la station de métro Laurier. Yoga chaud et baristas, deux mondes se faisaient face. À travers la baie vitrée embrumée qui lui rappelait la serre, Alvare apercevait des torses, des membres cambrés en d'étranges postures, une forêt d'êtres venus exsuder les fatigues et angoisses de la ville. Vingt-six postures à 40 °C pour se purger des heures dans l'*open space*, de l'errance hébétée dans les centres commerciaux souterrains, du même menu commandé trois fois cette semaine dans le Time Out Market, du verre de trop après dix rendez-vous client. La chaleur interne du corps, excitée par l'effort, irradiait tout leur être et se mêlait à l'atmosphère humide et surchauffée. La peau, qu'il fallait avoir dure pour vivre et réussir ici allait, espéraient-ils, s'ouvrir et, par ses pores, tout sortirait, s'évaporerait, ruissellerait jusqu'à les purifier. Miracle de l'hygrométrie, pensa-t-il, en se disant que ses plantes elles aussi transpiraient et embuaient les serres. Mais elles n'avaient rien à expier.

D'autres avaient choisi le café. Alvare aimait à longer le comptoir qui s'étirait jusqu'au coin de l'avenue. Point de buée ici, un monde de transparence où rue et clients jouaient un double-jeu : *Je feins de t'ignorer mais je sais que tu me regardes, je t'ai vu...* Lui qui aimait marcher vite ralentissait imperceptiblement l'allure. Les visages alignés, éclairés par la lumière blanche des MacBook Pro, la succession des franges courtes et des barbes bien taillées, les regards absorbés découvrant les secrets d'un infini univers numérique : le monde moderne était là. Ils étaient beaux, en rangs, à intervalle régulier, juste assez loin les uns des autres pour n'avoir pas à se saluer. Ils commandaient d'un geste, certains souriaient un instant au serveur lorsque leur commande arrivait, puis tous replongeaient les mains sur le clavier, et se figeaient sur leurs écrans. Alvare repensa à la serre, à ses alignements, à ses plants calibrés, à ses tubes identiques : *quelle étrange parenté...* Il y avait, dans l'immobilité de ces jeunes visages tous semblables, quelque chose de hiératique et végétal, mais cette gémellité lui rappelait aussi une phrase parmi mille, retenue au détour d'un manuel de botanique :

> En choisissant la reproduction végétative, une espèce se dote d'un moyen de propagation efficace mais

renonce à toute diversité génétique : elle produit, de facto, des clones.

De quel rhizome commun étaient-ils tous issus ? En conservaient-ils encore la mémoire ?

Le ballet automatique des feux le rappela à la réalité. Tous passèrent au vert, et il put rejoindre le trottoir d'en face. Quand il poussa l'imposante porte de la station de métro, il entendit enfler derrière lui la rumeur du trafic.

Ôter ses gants, desserrer son foulard, ouvrir le col du manteau. Déverrouiller à l'aveugle son téléphone portable et chercher du pouce le logo Play. Entendre avec bonheur les premières notes répétitives du *Music for 18 Musicians* de Steve Reich. Tout s'enchaîna machinalement sur les marches striées d'un premier escalier roulant. Dans le tunnel qui le menait à la ligne orange – que ce monde souterrain était simple, quatre couleurs et huit noms... – Alvare synchronisa son pas aux pulsations du premier mouvement et s'abandonna au spectacle des centaines de nuques qui rejoignaient comme lui le quai le plus proche.

Quelle mécanique admirable que ce ballet d'inconnus bougeant ensemble, ralentissant puis reprenant leur vitesse de croisière, se frôlant sans se voir, mais sans se heurter... Il esquiva de l'épaule une sacoche grise qui l'effleurait, et répondit d'un hochement de tête au muet geste d'excuses d'une jeune fille bientôt disparue. Tout était simple, dans le métro, on ne s'attardait pas, on avait un but, on allait le rejoindre. On se mettait dès les portes franchies dans un état de vie minimal : gestes restreints, regards tournés vers soi, rythme de marche ralenti, écrans ou écouteurs pour circonscrire son espace personnel. Alvare aimait cette économie de moyens. Elle l'apaisait, comme si ce moment de vie transitoire rendait tout plus facile.

Il voyait ce trajet comme une parenthèse. Il n'était plus nécessaire d'être soi-même sur ce quai. On pouvait se glisser dans un anonymat d'autant plus agréable qu'il ne serait que temporaire. Une fois cette plongée souterraine opérée, il se défaisait de toute identité et n'aspirait qu'à faire un avec cette foule, si homogène qu'elle en devenait neutre. Les yeux à demi baissés, il devinait plus qu'il ne voyait ses compagnons de route, et se laissait porter par leur flot.

Il remarqua comme à l'accoutumée que des grappes plus denses s'étaient formées autour des télévisions qui diffusaient, sans le son, les informations : les voyageurs en attente étaient là, à côté les uns des autres, la tête relevée vers le défilé d'images, ensemble mais seuls. Étrange héliotropisme qui les détournait de leurs congénères... Il pensa comme chaque jour, et comme d'autres sans doute avant lui, à ces Giacometti – La Famille, La Place – où de longilignes figures humaines se dressaient ou marchaient obstinément sans se voir.

01 minute, affichait l'écran qu'il dépassa. En bout de quai, un souffle annonça l'arrivée de la rame. Des pictogrammes jaunes, au sol, indiquaient comment se placer pour ne pas gêner la descente des passagers. Il fit son habituel pas de côté à droite, au deuxième rang de la file spontanée qui s'était mise en place. Les portes sans poignées

s'ouvrirent, et par un de ces accords tacites qui préservent encore la civilisation du chaos, personne ne s'engouffra avant que le dernier passager en transit ne soit descendu.

Alvare se plaça contre une vitre. Il aimait ce moment où la rame accélère et semble flotter au-dessus des rails. Le tunnel défilait au son des morceaux qui l'accompagnaient chaque jour, et les légers soubresauts du wagon entrèrent une nouvelle fois en synchronie avec cette musique légère et vivante. Il se posta, le coude négligemment posé sur le rebord plastique de la fenêtre, et se livra à ce jeu que tout passager du métro a déjà pratiqué : regarder sans être vu les inconnus qui l'entouraient, et se laisser aller à leur inventer une vie.

Les traits d'un homme aperçu sur le quai suivant lui rappelèrent un ami d'enfance, garçon doux et modeste. Qu'était-il devenu, près de trente ans après : un commercial trop honnête pour réussir, un travailleur social dévoué ? Il se voyait descendre de la rame, lui poser la main sur l'épaule, l'interpeller d'un sonore : « C'est moi, Alvaro, tu te souviens ? »

De profil, le visage caché par des cheveux blonds en bataille : la femme qu'il distinguait entre deux voyageurs ne pouvait, se plaisait-il à penser, qu'être d'une éclatante beauté. Sa pose étudiée laissait penser qu'elle se savait comme d'habitude observée. La rame ralentit à l'approche de la station suivante. Elle se leva. Il baissa les yeux lorsqu'elle passa sans le voir, préférant ne garder d'elle que ce qu'il avait rêvé. Il ne la regarda pas davantage lorsque le wagon reparti la dépassa. Une image furtive, en mouvement, un visage et un corps qu'il était libre d'imaginer : le métro était plein de ces banales fictions sans paroles, aussi vite inventées qu'oubliées. Il ne fallait pas qu'elles deviennent trop précises, qu'elles se figent. Le flou leur allait mieux.

Une minute environ dans l'espace standard d'une rame de la ligne orange : c'était le temps moyen qui séparait deux stations. Bien peu de temps pour saisir quelque chose de la vérité d'un être. Mais bien assez en réalité pour imaginer sans conséquences de quoi sa vie était peut-être faite. Là, un crâne luisant, un genou tremblant qu'une main aux ongles rongés ne contrôlait plus. Un peu plus loin, le sourire à peine réprimé d'un heureux lecteur à lunettes. À sa gauche, une tête dodelinant puis se redressant mollement, des yeux bistrés de cernes. Alvare, presque immobile, les yeux faussement tournés vers le tunnel, accordait à chacun deux, trois secondes peut-être. Et des images lui venaient, de chambre sombre dans un foyer de travailleurs aux volets métalliques toujours clos, de cours passés à s'évader un livre sur les genoux, d'heures d'ennui à attendre debout, derrière la façade Potemkine d'un kiosque d'informations, au Centre Eaton.

Avait-il vu juste ? Peut-être la demoiselle au tailleur sobre était-elle simplement sortie tard... Peut-être le jeune homme aux lunettes cerclées ne lisait-il que dans le métro, peut-être le quadragénaire aux ongles trop courts et au cheveu rare était-il impatient de rejoindre un foyer chaleureux et aimant...?

Il détourna un instant le regard. Face à lui, son reflet sur la vitre apparaissait et disparaissait au rythme des lampes du tunnel. Qui était-il ? Alvaro ? Alvare ? Il avait pris l'habitude, quand on lui demandait comment l'appeler, de hausser les épaules et de répondre : « Les deux me vont, tu sais, *same difference, man...* » Il était devenu Alvare dès les premiers jours de sa longue vie parisienne, et l'Alvaro dont sa grand-mère pinçait les joues ne renaissait qu'au rythme maintenant distendu de ses séjours portugais. Lui-même en était venu à aimer la finale muette de son prénom francisé – Alvare – comme si elle consacrait sa métamorphose en un être insituable, parcourant le monde au gré des opportunités et des projets.

Au fond de la rame, la jeune fille au tailleur l'observait à son tour, tout comme le lecteur maintenant distrait qui maintenait sa page entre pouce et index. L'homme nerveux au genou agité lui avait adressé un bref regard courroucé. *Qu'est-ce qu'il lui voulait, le brun en manteau long, avec ses gants en cuir et ses cheveux grisonnants aux tempes ? L'air de rien, bien sûr, c'est ma calvitie qui l'amuse ? Un connard de plus, j'ai pas besoin de ça aujourd'hui...*

La jeune fille se demandait... *Je suis sûre, c'est dans les yeux, un peu perdus, ou la façon de se tenir, droite mais souple, je l'ai déjà vu quelque part. Je me suis occupée de sa table au restaurant de l'école, aux déjeuners à prix réduits du lundi l'été dernier. C'était le dernier module du stage : « Servir un client seul, principes et consignes ». Il m'a souri, m'a parlé portugais en voyant mon nom sur le badge. On a discuté quelques minutes, le superviseur m'a fait signe de couper court. Il a dû me reconnaître... Quoique, vu ma tête aujourd'hui... Ce party hier, j'aurais jamais dû, pas avant un examen final...*

Quant au lecteur, qui souriait de l'inanité du mauvais roman qu'il avait eu le malheur d'acheter, d'autres questions lui traversaient l'esprit. *Il est européen, c'est sûr. La coupe de ses vêtements, ses bottes. Mais d'où ? Et déjà sans âge. Pas très marqué de visage, pas voûté, mais une fatigue ancienne... Avocat pour réfugiés ? Paléographe ? Psychanalyste lassé des jérémiades de ses clients ? Drôle de bonhomme en tout cas, il détonne...*

Ils descendirent l'un après l'autre, et oublièrent bien vite l'homme assis qui regardait sa vitre.

De son côté, Alvare emporta avec lui ces bribes d'existence nées le temps d'un trajet. Et elles s'effaçaient à peine lorsque, sorti du métro en ignorant le froid, il franchit cent mètres plus loin la porte de son appartement.

C'était ce qu'on appelait ici presque cruellement un *bachelor*. Comme si l'espace restreint présupposait le célibat contraint plutôt que librement consenti, ou une forme de vie monacale dont la normalité demeurait à prouver. Alvare ne le vivait pas ainsi. Certes, habiter seul à son âge un vieux demi-sous-sol en banlieue, à l'antépénultième station de la ligne de métro, pouvait être perçu comme une forme de renoncement au plus évident modèle du couple-qui-ayant-profité-de-ses-jeunes-années-se-consacrait-maintenant-avec-dévotion-à-l'éducation-de-deux-merveilleux-enfants. Mais il avait choisi ce lieu en connaissance de cause, en sachant qu'il s'y sentirait bien.

À sa première visite, un jour de printemps pourtant lumineux, on ne voyait pas grand-chose une fois le seuil franchi. Les fenêtres antiques, devenues presque opaques, ne laissaient filtrer du jour que d'étranges rayons jaunis. *Comme des chromos de carte postale des années 70*, avait-il pensé. *Comme si la lumière avait vieilli avec les lieux...*

L'agent immobilier était arrivé avec quelques minutes de retard, et à entendre sa voix fatiguée égrener la ritournelle déjà répétée cent fois – *potentiel, investissement, se pro-*

jeter, remodeler les espaces – Alvare sut très vite qu'il signerait sans trop insister pour une bouchée de pain.

Car le lieu lui plaisait. Il n'y voyait pas, comme le terne agent, prisonnier des éléments de langage appris par cœur dans le référentiel de Remax, un bien médiocre de plus dans l'inventaire déjà lourd des propriétés invendues. Le long corridor sombre méritait une spectaculaire rampe de diodes luminescentes, et la marche – *Attention où vous mettez les pieds !* – qui descendait vers le séjour donnait l'impression d'arriver dans un antre profond mais accueillant. Un vieux fauteuil affaissé, laissé là près de la fenêtre du fond, en témoignait : on avait lu ici, bu tisanes et verres de vin, on y avait rêvé lors de longues siestes à l'écart du monde. Il le ferait aussi. Il lui suffisait de ressusciter ces murs.

La poignée de main, après une négociation très sommaire, avait laissé le commercial perplexe, presque sonné. Était-ce vraiment vendu ? Allait-il pouvoir, l'air détaché, rentrer à l'agence, jeter son manteau sur une chaise et négligemment lâcher aux collègues présents :

— J'l'ai enfin vendu le maudit *bachelor*, presque pas de négo, l'acheteur paye *cash*, un ingénieur portugais.

Alvare, en rentrant ce soir-là, se souvint de ces jours glorieux à décoller moquettes et papier peint. De cette archéologie sauvage de couches et de strates qui remontaient sans doute bien au-delà de sa naissance, il gardait une image encore nette. Il avait eu un plaisir étrange à jeter par la fenêtre, dans la cour pavée, ces vestiges de vies anciennes et oubliées, à s'emparer des lieux en faisant table rase. Lorsqu'il eut enfin mis à nu son dernier mur, c'était comme le début d'une reconquête qui s'annonçait. Il s'était assis au centre de la pièce : il en ferait ce qu'il voudrait, il remanierait tout, il serait le roi heureux, l'exilé volontaire du *bachelor* dont personne ne voulait.

Il garda malgré tout du piteux logement d'origine une fenêtre jaunie et, sous elle, un carré de papier peint fleuri. Il y replaça le fauteuil de velours qui, nettoyé, s'était révélé d'un très beau bleu passé. Peut-être ne fallait-il pas effacer toute la mémoire d'un lieu, mais laisser l'histoire affleurer... Peut-être cette lumière d'avant ranimerait-elle ses souvenirs. Et comme tout roi, il ne pouvait faire l'économie d'un trône.

Dans ce monde à construire, Alvare voulut du blanc sur un sol de béton poli. C'était, depuis quelques années déjà, un lieu commun du chic industriel urbain, mais il ne sacrifiait pas là à une mode. Il aimait l'idée d'un socle plein et lourd sous ses pieds, traversé seulement d'une matrice de conduites d'eau qui diffuseraient leur chaleur. Le blanc perlé des murs absorberait et renverrait sans violence la lumière des diodes. Il était allé loin dans ses recherches et ses dépenses : la température de couleur de sa rampe variait aux ordres d'un senseur-capteur et reproduisait au mieux le spectre de la lumière naturelle.

En mode manuel, il pouvait passer des 8000 kelvins d'un aveuglant ciel de neige aux 2000 kelvins d'un soleil rougeoyant à l'horizon. En cela, il n'était pas différent de ses plantes qui, durant leur croissance, aimaient à se gorger d'une lumière bleue et froide avant de fleurir dans un bain rouge orangé. Sa tablette commandait du bout des doigts les courbes du spectromètre. Il fixait un mur blanc et se laissait gagner par le monde qu'il venait de recréer. Un après-midi d'avril dans le 18e arrondissement à Paris ? Les premières lueurs du matin à Lisbonne, l'hiver, au Miradouro da Graça ? La lumière abolissait espace et temps, il retrouvait ces lieux aimés et, avec eux, une mémoire neuve revivait.

Il choisit avec la même attention quels objets auraient droit de séjour dans ce lieu qu'il voulait façonner à sa main. Il avait, jour après jour, suivi le container qui faisait traverser à ses possessions l'Atlantique grâce à un numéro d'identification qu'il suffisait d'entrer sur un site de *tracking*. Apparaissait alors un point sur l'océan, une fiche signalétique qui, après le nom et le tonnage du navire, estimait également sa date d'arrivée. Aussi n'avait-il pas été surpris lorsque les douanes lui annoncèrent que ses meubles, livres, photos, ustensiles et vêtements l'avaient, après un voyage sans histoire de trois semaines, rejoint ici.

À l'ouverture du container, dont des déménageurs zélés vidaient déjà le contenu – *Attention à la marche !* – dans l'unique pièce immaculée, Alvare dut se rendre à l'évidence : il n'était ni bon ni facile de faire rentrer un monde dans un autre. À quoi bon l'exil s'il reproduisait, avec la minutie qui l'avait toujours caractérisé, les moindres recoins de son repaire parisien ? S'il voulait rappeler à lui l'Europe qu'il venait de quitter, un spectre lumineux suffirait.

Il lui fallut procéder à un examen minutieux, autour d'une question unique mais centrale : quelle *valeur* ces objets avaient-ils ? On ne parlait pas ici finance ou prestige. Mais plaisir à s'en saisir, à les voir fonctionner, beauté dont il savait qu'elle lui manquerait si cette tasse de céramique ou ce secrétaire plaqué d'acajou venaient à disparaître. Chaque objet eut donc droit, dans le désordre magnifique d'un jour d'emménagement, à son entrevue muette : il fut touché, caressé, palpé les yeux fermés pour mieux sentir ce qui faisait sa présence. Il testa la souplesse d'une assise, soupesa des couteaux au manche de corne, écouta l'inimitable déclencheur d'un Nikon argentique, fut déçu, parfois, d'avoir choisi lors de ses voyages quelques bibelots sans âme. L'aquarium vide et son appareillage furent à l'évidence retenus : un mur face à l'entrée serait le théâtre de ces abysses miniatures. Quelques bêtes collections de cauris vernis ou de grossiers tankas népalis furent abandonnées à la curiosité des passants. *Servez-vous ! Please help yourself !* disait le carton. Une sacoche de cuir, un manteau de drap anglais, un longboard californien gagnèrent avec naturel les porte-manteau, cintres et couloir qui n'attendaient qu'eux.

L'espace se peuplait de présences familières. Le *bachelor* maintenant neuf, ses vides et ses volumes, l'invitait à vivre, à refonder en ne gardant du passé que le bon. Contemplant son œuvre, Alvare se sentit pourtant pris d'une étrange tristesse, comme si ce simulacre de nouveau départ ne le trompait plus. Il avait quitté Paris, il était à Montréal, il serait peut-être ailleurs dans quelques années. Cette belle liberté se teintait aujourd'hui d'une immense fatigue. Le nomade moderne, qui usait du luxe inouï de l'exil volontaire, s'adaptait, certes, mais que restait-il de ses racines ? Avaient-elles, comme celles de ses plantes, perdu toute force, tout ancrage, habitué qu'il était à flotter dans le confort de ce monde qui se donnait à lui sans effort ?

Il était hors-sol, là comme ailleurs.

Par choix, sans doute, mais à quel prix ?

Quand, à force de se *décentrer* ainsi, allait-il finir par dériver sans retour ?

Il prit place sur le velours passé du fauteuil, face à l'ersatz d'univers qu'il s'était reconstruit. Mais les objets, ce soir-là, lui refusèrent tout secours.

Peu d'outils étaient nécessaires à Alvare pour assurer à la serre la stabilité dont elle avait besoin. Un réseau de sondes mesurait en temps réel le pH et la concentration en nutriments dans chaque allée. Il faisait aussi des prélèvements aléatoires dont il compilait les données afin de pallier toute déficience du système de contrôle. C'était là un bel équilibre entre humain et machine, pensait-il : mes instruments mesurent, j'interprète leurs données, et nous garantissons ensemble que rien de fâcheux n'advienne.

Il s'était souvent demandé pourquoi la serre lui plaisait tant. Quand les résultats de ses mesures s'affichaient, et que toutes les valeurs reflétaient la santé d'un milieu optimal, une joie tranquille le gagnait. Le microcosme parfait était là. C'était le cas aujourd'hui : l'énergie géothermique chauffait, les liquides circulaient, les lampes diffusaient le meilleur du spectre lumineux, et ses plantes croissaient dans une insouciance que jamais la nature n'aurait pu leur offrir. Leur perfection un peu standard venait de là : Alvare savait qu'en trois semaines, ses tomates atteindraient au calibre désiré et rejoindraient les tables des habitants du quartier, contents eux aussi de n'être plus soumis au cycle des saisons. Pour les laitues romaines, on pouvait penser qu'après semis, elles seraient consommables en vingt à vingt-cinq jours environ. Il s'agissait simplement de les maintenir hydratées en permanence. Une existence sans lutte : voilà au fond ce que la serre offrait à ses plantes, et lui-même se plaisait dans la douceur un peu moite de ce milieu humide et stable, sans surprise. Face à la mélancolie un peu vaine de l'expatrié volontaire, il lui restait ce refuge, où tout répondait à une logique simple, aisément contrôlable : nourrir ses plantes, les faire croître, pour qu'elles nourrissent à leur tour.

Chaque semaine, il ressortait de leur stockage, à l'arrière des deux serres, des paniers encore vides. Sur l'écran de son laptop, il consultait le tableau synoptique des fruits et légumes disponibles, puis partait en vérifier la maturité. Les données ne mentaient que rarement : au fil des allées, Alvare cueillait, goûtait et composait mentalement le panier-type. Armé d'un chariot, il remplissait ensuite les paniers, puis les empilait à l'avant, dans le sas. Le principe de distribution était simple : une adresse dans le quartier donnait droit à un premier panier, que l'on devait rapporter vide avant toute nouvelle collecte. Les bonnes tables du quartier bénéficiaient quant à elles de tarifs avantageux, subventionnés à part égale par la Ville, le provincial et le fédéral, grâce à l'efficace réseau du Consortium Ville Verte. Après des débuts timides, l'opération avait atteint son rythme de croisière, et les excédents, distribués à des organismes d'entraide, commençaient à se faire plus rares.

Quand il tendait ses paniers en souriant, Alvare avait l'impression furtive d'être à sa place. Ils étaient lourds de ce qu'il avait cucilli, allaient rejoindre les maisons et condos du Mile End, pendant que d'autres croissaient déjà en silence. C'était un cycle vertueux : on produisait ici du vivant, sans aléas, sans user d'une énergie sale, sur un terrain délaissé devenu lieu d'échange et de passage. Et de ce lieu, il était le gardien calme, presque mutique car ici, dans les serres, les mots comptaient peu. Les gestes précis de l'agronome, son œil exercé, sa patience parlaient pour lui, et il laissait, en démiurge bienveillant, se déployer autour de lui une vie végétale protégée de la dureté du monde.

Peut-être était-il, lui aussi, parvenu à maturité ? Mais quel protocole appliquer pour en avoir la certitude ?

À l'image des humains, toutes les plantes n'évoluaient pas au même rythme. Dans les différentes sections de la serre, Alvare pouvait faire varier à l'envi certains paramètres. La nurserie demandait par exemple des soins particuliers, elle qui contenait en germe l'avenir du projet. Le taux de CO_2 devait y rester constant, et le potentiel hydrique proche de 2. Les pousses y séjournaient en moyenne les dix-huit premiers jours de leur existence : leurs embryons de racines avaient encore besoin d'un substrat solide, fait de laine de verre ou de billes d'argile.

Il passa en revue des fraisiers qui lançaient déjà leurs stolons à l'assaut de leurs congénères. Un étrange réseau de tiges aériennes les reliait en une sororité quelque peu incestueuse, comme si cette colonie de clones voulait resserrer les rangs. Il y avait là l'expression d'une volonté farouche de croître et se multiplier, dont la vigueur ne laissait pas de l'étonner. Il se saisit de ses ciseaux incurvés et commença à sectionner les plus anciennes. Chaque stolon avait donné naissance à un cultivar autonome, qui allait à son tour fructifier. Mais il fallait pour cela le détacher de la plante-mère, dont le rôle s'arrêtait là. Alvare accomplit ce rituel avec gravité : il était celui qui séparait, mais donnait aussi à la jeune pousse son indépendance. Il s'inscrivait dans un cycle immuable, qu'on eût pu reproduire à l'infini à partir d'un plant unique. Certains banyans, en Inde, donnaient ainsi naissance à une forêt entière à partir d'une graine posée par un oiseau au creux d'un tronc ou d'une branche innocente. L'épiphyte jetait vers le sol ses racines aériennes qui s'ancraient puis se propageaient en une masse confuse. L'arbre-hôte étouffé disparaissait bientôt, matrice engloutie par celui qu'il avait accueilli en son sein. Dans la serre, pas de meurtre caché, Alvare y veillait avec une attention toute paternelle. Il transplanta son dernier cultivar et reprit, satisfait, sa tournée : la prochaine récolte de fraises s'annonçait belle.

Il se souvint de sa première rencontre avec un banyan. C'était au Jardin botanique de Lisbonne. Un hiver, ses parents l'avaient emmené à ces étranges maisons de verre, près de l'université. Il devait avoir sept ans. En approchant, il n'avait pas tout de suite compris quels trésors elles cachaient, mais déjà, la silhouette élancée d'étranges fougères géantes l'avait attiré. Le seuil franchi, c'est l'odeur de terre humide chauffée qui l'avait saisi. Il avait aimé changer de monde en quelques pas, et se trouver jeté dans une jungle inconnue. Une rivière parsemée de feuilles mortes traversait la salle lumineuse, et tout un univers de formes étranges lui faisaient tourner la tête sans cesse de droite à gauche.

Ficus benghalensis, origem : India, 1879.

C'est ce qu'il avait lu sur la plaque de bronze. Derrière elle, au centre d'un cercle de béton, des branches un peu flasques semblables à des racines pendaient en rangs serrés d'un tronc gigantesque et lépreux. Il se demanda si Tarzan aurait pu en faire le tour en se projetant de l'une à l'autre, et l'arbre – *un banyan*, lui avait dit sa mère – lui rappela cet énorme manège vu à Paris, qui faisait tournoyer des balançoires suspendues à des chaînes d'acier. Il était massif, puissant, si vieux qu'Alvare, pourtant doué en maths, avait renoncé à calculer son âge. Plus vieux que ses deux grands-pères en tout cas. C'était un arbre-éléphant, décréta-t-il, qui ne mourrait jamais.

Des cactus se dressaient maintenant devant lui, et on avait peint derrière eux un faux décor de désert où planait un rapace. L'air était plus sec ici, le sable avait remplacé l'humus au pied des plantes. Sa mère l'avait débarrassé de son pull et de son manteau : il avait toujours gardé en mémoire ce plaisir simple de marcher en t-shirt, sans craindre le froid, la pluie ou un coup de vent rageur, protégé des assauts du monde par une simple vitre.

Lorsque la chaleur de la serre l'accueillait, et qu'il se dépouillait des couches de vêtements que l'hiver imposait ici, il lui semblait toujours que la main de sa mère l'aidait à se dévêtir. *Nos corps ont une mémoire, ils se souviennent de ce qui leur a donné plaisir ou peine*, se disait Alvare. *Cette main existe, je la sens encore. Si un souvenir est à ce point physique, il a vaincu le temps*. Il parcourait d'un pas lent les allées et se plaisait à imaginer qu'elle le suivait, le regard bienveillant posé sur sa nuque.

Son téléphone sonna, et le numéro de Richard Darcheville s'afficha.

— Alvare ? Darcheville. Comment allez-vous ?

Ce ton faussement amical n'augurait rien de bon : le patron du consortium ne l'avait jamais appelé par son prénom. Il avait sans doute sous les yeux sa fiche d'employé, ouverte sur la dalle du MacBook, dans son bureau d'angle du centre-ville.

— Monsieur Darcheville, que me vaut l'honneur de votre appel ?

Alvare avait gardé une affection particulière pour ces formules obséquieuses et si françaises apprises au lycée Charles-Lepierre à Lisbonne. Pour ses parents, elles étaient la garantie que l'éducation pour laquelle ils payaient allait donner au langage de leur fils unique le vernis de civilisation auquel tout jeune homme de bonne famille doit aspirer. On ne disait pas *Que puis-je faire pour vous ?* C'était là une approche trop directe. On montrait à son interlocuteur tout l'intérêt porté à la requête qui n'allait pas manquer d'arriver.

— C'est un peu délicat, ça m'ennuie de demander ça à un de mes ingénieurs, c'est pas votre boulot, mais voilà...

Une chargée de communication de la Ville - section Développement durable et Prospective - l'avait sollicité. Elle s'était inquiétée du déficit de communication autour du projet *champ des possibles*. Certes, la dimension locale de revitalisation du quartier était louable et cadrait tout à fait avec les objectifs de communication du maire, mais ne pouvait-on pas voir *plus grand* ? Il fallait que la métropole tout entière ait vent de telles actions, et Monsieur le maire allait par ailleurs très bientôt se rendre à la conférence des grandes villes d'Amérique du Nord. On pouvait faire du *champ des possibles – Trop cool, ce nom, quelle agence l'a sorti ?* – un axe fort. *Vous voyez cet astronaute français qui a fait des directs de l'ISS ? Je pensais à quelque chose comme ça.*

— En bref, elle va débarquer à la serre dans une heure. Vous vous en occupez ?

— Eh bien écoutez, monsieur Darcheville, je vais faire au mieux, je vais la recevoir.

— Vous allez voir, elle est très bien, elle est passée par L'Oréal avant de faire du social. Merci, Alvare.

Elle lui avait d'entrée tendu sa carte – Daria Mansour, chargée de communication senior, Ville de Montréal – avant de lâcher un soupir de soulagement.

— Wow, super *clean* ici. Quand on m'a dit *serre*, je me suis dit qu'il fallait mettre des bottes. C'est net, ça fait labo de sciences. Alvare, c'est ça ? Daria, enchantée.

L'irruption d'une jeune fille apprêtée eût sans doute pimenté la journée de nombre de ses collègues, sensibles aux effluves qui signaient son parfum de marque. Mais Alvare sentait comme un avant-goût de catastrophe dans cette visite. Il se souvint avoir lu la veille un article sur l'arrivée de la carpe asiatique dans les cours d'eau canadiens : comment lutter contre une espèce invasive qui allait menacer et appauvrir un écosystème déjà fragile ? Certes, le physique de Daria offrait peu le flanc à cette comparaison : elle avait la beauté fraîche et fade d'une ex-étudiante pour qui le mot marketing était devenu un mantra et avait pénétré tout son être. Mais la menace était là. En bon animal opportuniste, la carpe ne s'embarrassait guère d'éthique, et Alvare sentit au coup d'œil circulaire que Daria, les mains plantées sur les hanches, lançait sur son nouveau domaine, qu'un prédateur d'un genre nouveau venait de franchir les frontières de son monde. Sans attendre davantage, elle lança à la volée :

— Un *time lapse* sur la croissance des plantes... Je le vois trop bien ici. Pas compliqué, Je connais du monde dans l'image, un super réal qui pourrait nous monter tout ça en deux jours. Et puis des scolaires, clairement. Tu leur expliques ton boulot, ils récoltent quelques fraises, on filme l'exposé qu'ils font à l'école devant le maire. Très bon tout ça. Une présence blogue aussi. Tu sais écrire ? Sinon, on peut te trouver un stagiaire qui te bricolera quelques *posts* en avance, pas de problème, il faut juste que tu le *briefes.*

À aucun moment elle n'avait levé les yeux sur Alvare, qui la suivait en se disant que sa précieuse tranquillité était décidément bien mal en point. Daria touchait les plants, parcourait les allées à la recherche d'images à voler, son iPhone à la main. Son mémo au maire – *champ des possibles*, plan d'action médias – s'écrivait à mesure qu'elle avançait. Ses idées se bousculaient au rythme rapide de ses pas : l'objectif de relations publiques est simple. Un *branding* du *champ des possibles* pourrait contribuer au *green washing*, ah non, à l'écoblanchiment, je ne suis plus chez L'Oréal, de la stratégie de comm' du maire. Le *storytelling* : on transforme un espace pour transformer la vie. Ça montre des choix de gouvernance forts, un positionnement clair. Bon impact en termes de réputation. Coûts très faibles.

— Ils vont halluciner à la mairie, c'est une pure opération comm' à monter.

Elle se tourna vers Alvare. Bon capital de sympathie, l'ingénieur immigrant qui s'investit dans son pays d'accueil. À intégrer dans le *storytelling*. Elle lui sourit. Encore jeune, pas laid, bon .

Elle se dirigeait déjà vers le sas de sortie, et il se vit l'aider à remettre son manteau. Il lui tendit ses gants en silence. Son parfum emplissait l'air humide. Même le souffle d'air froid qui s'engouffra dans la serre lorsqu'il ouvrit pour elle la lourde porte ne parvint pas à le dissiper.

Avec l'équipe de tournage, tout avait assez mal commencé. Apercevant Alvare, Cédric, le réalisateur, s'était tourné vers Daria :

— Non mais, ton ingénieur en t-shirt, là, j'en fais quoi ? C'est un jardinier ou un super technicien ? Je saisis pas. Son identité visuelle, pour toi, c'est quoi ?

Il avait été décidé qu'Alvare resterait hors-champ, et qu'on se concentrerait sur l'univers de la serre. Une voix off féminine serait ajoutée en post-prod. Restait maintenant à installer le travelling avant qui allait marquer l'ouverture du reportage. Cédric voulait qu'il commence à l'extérieur, et qu'une main invisible ouvre le sas d'entrée. Le spectateur y pénètrerait avec nous, avant de poursuivre son chemin, guidé par une voix sensuelle et optimiste.

Alors que les assistants posaient le rail par moins vingt degrés et s'ingéniaient à imaginer la main invisible voulue par leur patron et maître, Cédric et Daria avaient déjà épuisé la maigre réserve de café d'Alvare, qui leur était décidément fort peu utile. Lui observait l'intrusion des projecteurs qui bloquaient les allées, des caméras aux objectifs protubérants : le monde entrait dans sa serre transformée en un triste cirque. On allait en extraire une série d'images léchées – Cédric avait évoqué pour son *time lapse* l'idée d'un ciel étoilé en arrière-plan – sans lien avec l'écoulement muet et tranquille des journées qu'il affectionnait tant.

— *Time lapse* sur voûte céleste avec les plants qui grandissent. Le cosmique et le végétal. Ça va être top !

Alvare peinait à partager l'enthousiasme dans lequel se rejoignaient la chargée de communication et son ami artiste. La lumière crue des spots tungstène surchauffait le faîte de la serre, et le sas ouvert par le rail de travelling laissait pénétrer un air quarante-cinq degrés trop froid. Il voyait s'embuer tout l'avant des allées. Son écran de contrôle s'illumina soudain de multiples alertes : l'intégrité climatique de ce milieu fragile était menacée. Une alarme rauque retentit : les capteurs thermiques avaient déjà envoyé leur message, et les valves du puits géothermique s'étaient ouvertes en réponse. Une chaude vapeur humide sortit des vantaux, sous les allées. Face à l'agresseur, la serre s'était réveillée.

— C'est quoi, ça, l'alarme, le truc qui sort du sol, là ?

Cédric et Daria en avaient posé leur café et cessé de se féliciter sur l'avancement de leurs plans de carrière respectifs. Alvare n'hésita pas longtemps :

— Mince, le système de fumigation s'est mis en marche. C'est pour les parasites.

Tout le monde devait évacuer au plus vite : la serre allait être emplie de vapeurs insecticides, non mortelles, certes, mais pouvant incommoder l'équipe. Il allait rester à l'arrière avec son masque à gaz pour régler ça, qu'ils filent se mettre à l'abri avec leur matériel.

Une étrange procession sortit nerveusement du sas : rail de travelling, projecteurs et caméras en main. Alvare interrompit toutes les alarmes, et goûta au calme retrouvé de son royaume, sauvé pour aujourd'hui des hordes communicantes venues l'assaillir.

Avec la classe de primaire 2e année de l'école Lambert-Closse, tout avait assez bien commencé.

Les élèves, main sur l'épaule du camarade qui cheminait devant eux, semblaient comme effrayés à l'idée d'effleurer une plante. Lorsque Alvare, près du panneau de contrôle, leur expliqua comment modifier l'environnement de la serre, il ne put s'empêcher de sourire en les voyant muets face à lui, les épaules rentrées, blottis tels une colonie de manchots empereurs couvant leurs œufs. L'enseignante, quant à elle, s'émerveillait et hochait la tête avec admiration à chacun de ses mots.

Il était sensible à leur réserve. Eux découvraient un monde sans arriver en conquérants. Ils n'avaient à gagner de l'heure passée ici qu'un temps hors des murs de leur école. Alvare parcourait le groupe du regard : y en avait-il un ou une qui, comme lui à Lisbonne, allait se souvenir de ce délicieux moment en t-shirt, au cœur d'une chaleur moite qui faisait oublier l'hiver ? Peut-être celle qui, rompant les rangs, s'attardait en arrière, et avait caché dans ses poches deux fraises encore vertes...

Lorsque vint le temps des questions – « On remercie tous Alvare pour ces belles explications et je suis sûre qu'on a encore plein de choses à lui demander » – une forêt de mains s'était levée.

— Tes plantes sont-elles tristes de pas vivre dans la vraie terre, et dehors ?

— Vais-je être malade si je les mange ?

— Sont-elles bios ? Mes parents m'ont dit qu'il fallait manger bio.

— Pourrais-tu nourrir toute la ville avec tes deux serres ?

— Et toi, les manges-tu tes plantes ?

— Il fait chaud comme à Cuba ici, c'est-tu de l'air de Cuba dans la serre ?

Il avait répondu au mieux – *Non, les plantes sont heureuses ici, voyez comme elles poussent vite et bien, elles ne rendent personne malade même si elles ne sont pas bios, mais il faudrait construire davantage de serres, dans tous les quartiers, pour nourrir Montréal. Oui, il mange parfois ses plantes, mais pas crues directement dans la serre. Et non, apporter de l'air de Cuba serait difficile* – car leur candeur l'avait touché. Il y avait dans l'attention qu'ils portaient à ses réponses une qualité propre à l'enfance. Une confiance en la parole – je m'interroge, et l'adulte qui me fait face répondra à mes interrogations – qui faisait ressurgir ses propres souvenirs de garçon choyé par deux parents attentifs. Il regrettait cette transparence du langage. Et la liberté d'imaginer un air venu de Cuba, ou la tristesse d'une plante exilée de sa terre.

Lorsqu'ils partirent, déjà invités à venir récolter les fraises, non plus clandestinement dans une poche, mais un sac vide à remplir à la main, Alvare ne se sentit pas soulagé. Les deux serres jumelles lui parurent bien vides, comme si le lieu peuplé d'enfants s'était éveillé à la vie, avant de s'éteindre de nouveau, privé de la présence de ces êtres lumineux.

À l'arrivée du stagiaire coblogueur, il avait très vite su que tout ne se passerait pas au mieux.

— Enchanté, je m'appelle Steve, je suis là pour le blogue.

Face au jeune barbu en uniforme de hipster du Mile End – chemise en chambray boutonnée jusqu'au col, jean Selvedge à toile lourde et rigide – Alvare resta coi.

Comment le recevoir ? L'échec du tournage avait dû parvenir aux oreilles de Darcheville, pour qui la mise en fuite de l'équipe ne pouvait être qu'un stratagème d'ingénieur misanthrope. Mais en contrepartie, il avait vu ce matin les images du maire tout sourire, accueilli dans une classe sous une banderole disant « *Tout est possible dans les serres d'Alvare* ». Fallait-il transiger ? Consentir à la présence web indispensable théorisée par Daria dans un courriel qui ressemblait fort à un ultimatum ?

— Content de te rencontrer, Steve. Moi c'est Alvare. Je te sers un café ?

Steve hocha timidement la tête. Il se sentait en milieu hostile dans cette moiteur, entouré de plantes dont il ne reconnaissait que vaguement les formes. Y avait-il une prise pour plugger son MacBook ? Fallait-il donner à l'ingénieur des éléments de langage pour le blogue ? Il choisit une approche simple, qui pourrait au moins donner un peu de matière pour un premier *post*.

— Alors pour le blogue, je pensais qu'on pourrait bosser sur la rubrique À propos. Tu sais, ce *post* avec une photo à côté, qui permettrait de savoir qui tu es, d'où tu viens. Pour le nom du blogue, c'est déjà bon, tu étais au courant ?

Alvare s'enquit de ce nom dont personne ne l'avait avisé.

— Tu vas tripper : *Dans les serres d'Alvare* !

La photo du maire, la banderole : il comprit que dans le monde des chargés de communication, ces quelques mots sortis de la bouche des enfants valaient de l'or.

— Tu imagines : on va *brander* ton nom. Le *champ des possibles*, ça fait trop philo, on n'y comprend rien. Là...

Alvare avait déjà anticipé la suite :

— Ça fait plus sympa, plus humain, c'est ça ? Comme une émission de jardinage.

Steve se figea.

— Mais c'est très bon, ça ! Émission de jardinage. C'est le format qu'il nous faut ! Des *posts* conseil, ouverts aux commentaires, une rubrique *Alvare vous répond*. Génial, on va super bien bosser ensemble.

Au col de sa chemise maintenant déboutonné, Alvare comprit que Steve se sentait beaucoup mieux. Le jeune stagiaire s'était dit que cette mission serait au mieux sans intérêt, au pire d'un profond ennui pendant qu'à la mairie, les choses et le monde avanceraient sans lui. Mais l'espoir de ne pas perdre son temps venait de renaître : il y avait un coup à faire, il le sentait.

On s'y met ? Tu me parles de toi. D'où tu viens, ce que tu as fait avant, tout ça, quoi.

— Tu veux que je commence par quoi ?

D'un haussement d'épaules, Steve lui signifia qu'il était libre de parler à sa guise. Alvare pensa qu'il fallait soigner cette page inaugurale de sa biographie. Il raconta l'histoire du banyan.

Au silence de Steve, qui avait reboutonné son col et, au bout de trente secondes, cessé de taper, il eût été difficile de penser que cette entrée en matière avait séduit. Mais Alvare, emporté par ce récit qu'il trouvait beau, l'avait mené à son terme, sans plus prêter attention à son public.

— Excuse-moi, c'est super, mais t'aurais pas autre chose ? Ce qui t'a amené à Montréal, par exemple ?

Alvare réfléchit un moment, puis reprit :

— Tu as déjà quitté quelqu'un ? Tu connais les roses d'Équateur ?

Et sans attendre la réponse de Steve, il fit ce qu'on lui demandait : il expliqua ce qui l'avait mené ici.

Fils unique de bonne famille : c'est ainsi qu'Alvare se définissait lui-même. Rêveur mais docile, il n'avait pas souvenir des grandes révoltes adolescentes qui avaient façonné tant de ses camarades.

Après ses études en biologie végétale à Coimbra, il avait suivi le chemin qui drainait des générations de Portugais au-delà des frontières de leur si beau pays. Paris, la France, le sentiment que dans le froid du Nord, on accomplirait de plus grandes choses qu'en se laissant bercer par l'océan à Guincho : Alvare, trois mois après son arrivée à la fac, se faisait déjà appeler Alvare. Il ne regrettait plus dans les bars la *Sagres* qu'il avait bue toutes ses années de premier cycle, et ne s'étonnait plus qu'on ne serve pas de pignons avec les demis posés sans cérémonie par un serveur déjà reparti.

La rudesse parisienne lui allait bien, il avait l'impression qu'elle le réveillait de la douceur un peu passéiste de ses jeunes années. Il observait amusé les batailles d'ego que se livraient ses cothurnes biologistes, souvent exacerbées par la présence de filles, qui contrairement à ce qu'il avait vu au Portugal, ne fuyaient pas les bancs de cette fac de sciences. Pour tout le monde, il était donc Alvare, bon camarade, brillant mais effacé, qui se fondait avec aise dans tous les cercles. Il se laissait porter par une vie qui décidait à sa place des choix à faire et des lieux à fréquenter. Il ne provoquait rien, ne questionnait pas davantage l'absurdité du titre qu'il porterait après l'obtention de son diplôme : *ingénieur en production végétale*.

Même son accent – ses chuintements, et le rythme décalé de ses phrases – s'effaça bientôt, au grand dam de la jeune parisienne de bonne famille qui avait pensé trouver en lui un amant exotique.

— Tu es très plastique, en fait.

— Plastique ? Qu'est-ce que tu entends par là, Irène ?

Elle partit sans répondre, mais revint s'asseoir sur le lit un manuel de cours à la main.

— « Plasticité : en biologie, un caractère est dit plastique s'il varie en fonction de l'environnement ou de l'expérience d'un sujet. » Tu as un caractère très plastique.

— Si tu le dis... Et c'est bien ou pas ?

— Ça, j'attends de voir...

Alvare, en matières amoureuse et sociale, appliquait les mêmes principes. Il les avait théorisés depuis longtemps déjà. Lassé de voir que l'attention aux autres ou la défense de convictions véritables ne menaient souvent à rien, il en était venu à penser qu'elles étaient inutiles. Il fallait simplement passer pour *intelligent et fin*, ou plutôt être vu comme tel par des gens qu'on considérait l'être. Curieux jeu de dupes, en réalité, où chacun servait de caution à l'autre. Mesure spéculaire des vanités, qui dans une ville comme Paris, fonctionnait parfaitement.

— Non mais l'Europe, voyons... OK, on a grandi avec, on a fait notre année d'échange Erasmus, on a baisé moins franco-français, mais l'idée, là, elle est morte. Donne du pouvoir à des technocrates, ils te la boufferont toute crue, ta belle idée. T'es portugais, Alvare, t'es dans la même galère que nous, t'en penses quoi, toi ?

— Je crois que tu as raison. C'est toujours dur de faire un deuil, mais comme vous dites ici, la messe est dite.

— C'est exactement ça, la messe est dite !

— Bon, au Portugal, l'Europe a construit des routes, des programmes d'échange, on a profité des subventions, et je suis là grâce à ça, mais si tu cherches un esprit européen, une unité de pensée, tu vas chercher longtemps...

— Voilà ! Je l'aurais pas mieux dit. Je lève mon verre au souvenir de la Vieille Europe, mais elle est morte et enterrée !

C'est exactement ça. Voilà ! Je l'aurais pas mieux dit : entre grands esprits, on se congratulait, contents d'avoir trouvé des interlocuteurs qui partageaient la même hauteur de vue. Comment pouvait-on même imaginer penser autrement ? Et le jeu, vain mais beau, continuait des heures durant, alimenté par une alcoolémie savamment entretenue. Il y avait comme un génie du rien dans ces soirées dont balcons et cuisines étaient les points névralgiques – rien d'essentiel ne s'était jamais dit au creux d'un canapé. Alvare en était vite arrivé à ce point d'équilibre où il ne savait plus s'il feignait ou s'il se laissait gagner par une idée ou un sujet. Il dissertait sur tout, attentif aux inflexions subtiles ou soudaines qui changeaient le fil d'une conversation. Il savait s'éloigner sans froisser ses hôtes : un verre vide en main, on ne pouvait plus décemment discuter. « Je reviens, vous voulez quelque chose ?

— Chope une bouteille s'il te plaît ! »

Face à Irène, qui l'avait choisi plus qu'il ne l'avait fait, il avait fallu être charmant tout en maintenant ses distances. C'était là son deuxième principe : *le détachement crée l'attachement*. Ménager des silences, ne pas toujours répondre à ses appels, la laisser se dévoiler puis prendre l'initiative : tout cela avait fort bien fonctionné, et Alvare s'était vite laissé aller au rôle si facile du garçon tranquille sans être falot.

Selon elle, tout avait commencé lors d'une promenade au Luxembourg, après une session de révision à la bibliothèque Sainte-Geneviève.

— Mais si, tu te souviens. On marchait, on parlait de rien, mais je voyais bien que tu voulais te rapprocher. T'as même trébuché à un moment, t'étais pas dans ton état normal.

— Tu t'en étais rendu compte, Irène ?

— Bien sûr, qu'est-ce que tu crois ?

Lui ne se souvenait que du moment où elle s'était saisi de sa main. Le contact de sa paume lui avait plu, il l'avait serrée un peu plus fort. Il l'avait attirée à lui, content de répondre à ce désir que, maintenant, il partageait. Et cette nuit-là, il s'était senti presque acteur de cette histoire naissante. L'avait-il voulue ? Il en doutait parfois, mais quelle importance ? C'était dans le corps et dans l'esprit d'Irène qu'elle était née. Il s'était laissé porter par ce plaisir d'être regardé et désiré comme celui qu'elle attendait. C'était léger et plaisant. Il n'avait pas à mentir, juste à remplir sa partie. Il la rendait heureuse, pourquoi chercher plus loin ?

Plastique : Irène l'avait bien saisi, et semblait quant à elle s'en accommoder sans mal. Il la regardait sans l'étouffer, la contentait sans rien exiger en retour, pouvait être calme ou passionné si la situation le demandait. Et elle se persuadait que ses silences ou ses moments d'absence étaient emplis de pensées profondes, qu'il lui révèlerait un jour.

— Tu penses à quoi, là ? T'as l'air perdu, Alvare...

Il s'inventait une préoccupation mineure, ou un souvenir d'enfance venu le visiter, qu'il ponctuait d'un :

— Tout ça me manque parfois, tu sais...

Et il savait qu'elle allait lui sourire, l'enlacer, l'embrasser, car tel était le charme indéfinissable mais réel de l'exilé.

Alvare s'était souvent demandé comment Irène avait vécu son départ. Après tout, il l'avait quittée en silence, sans un mot, sans même l'attendre. Et la porte de leur appartement refermée, il avait senti en glissant sa clef dans l'étroite fente de la boîte aux lettres 22 un soulagement qu'il savait cruel, mais dont jamais il ne s'était senti coupable. Seuls leurs noms accolés sur l'étiquette improvisée deux ans auparavant avait un instant retenu son regard. Il aurait voulu l'arracher, pensant au mal que sa vue lui ferait demain, si la force du quotidien la menait comme à son habitude à relever le courrier. Mais il franchissait déjà la porte cochère, dont il ne sentit pas cette fois le poids.

Sans plus regarder Steve, il repensa à cette étrange journée, qui l'avait finalement mené ici. *Pourquoi part-on, pourquoi reste-t-on ?* Il n'avait pas le sentiment d'avoir pris la fuite et pourtant, comment décrire autrement le claquement de ses pas pressés dans l'escalier, le plaisir qu'il avait ressenti en tirant sa valise sur le pavé inégal de cette rue qui n'était déjà plus la sienne ? *Quitter une vie que j'aurais pu vivre sans déplaisir...* Lorsqu'il s'engouffra dans le métro, c'est ainsi qu'il se résuma ce qu'il venait de faire. Il se répéta deux ou trois fois ce mantra au rythme de la rame qui se balançait doucement, et la formule, dans sa banale neutralité, acheva de lever ses doutes.

Il avait bien fait. Il n'y avait là ni drame, ni perte irrémédiable, juste la volonté de sortir du périmètre devenu trop connu d'une existence bien réglée. Était-ce ça le courage ? Il n'en avait pas la moindre idée.

À chercher en Irène la cause de ce soudain départ, on eût perdu son temps. Alvare le savait : il lui était impossible de se défausser de cette soudaine impulsion sur une lassitude ou la fin programmée d'un amour destiné à rester passager. Tous les signes d'une relation durable et stable étaient là. Le couple s'était installé dans le 18e arrondissement, avait achevé la même année ses études, et connaissait des débuts professionnels que beaucoup leur auraient envié. Irène avait trouvé un emploi dans une grande enseigne de distribution, et s'occupait de contrôle de qualité chez les fournisseurs de cette dernière. Sa formation d'ingénieure l'avait menée là, et à parcourir la France, ses serres et ses champs, elle conciliait selon ses propres mots théorie et terrain, travail de bureau et heures solitaires et libres au volant de sa voiture de fonction. Alvare s'était quant à lui investi dans un projet moins rémunérateur mais plus conforme à son goût marqué pour le laboratoire et les expériences : il encadrait une équipe qui, sous le groupusculaire nom de La Ruche, avait investi un parking souterrain pour y produire fraises et champignons. Il vivait donc les premières heures de ce mouvement locavore, qui voulait impulser une révolution dans les modes de production et de consommation en rapprochant et en impliquant le client. Les habitants du quartier pouvaient tailler, replanter, récolter et se voir en retour octroyer un panier de leur choix, le tout avec la bénédiction de la Ville. La première récolte de champignons avait été contaminée par des émanations mal contrôlées d'hydrocarbures venues des surfaces encore souillées, mais l'équipe avait avec courage assaini le site et attendait la venue de fraises qui allaient consacrer son succès.

Au-delà même de leur réussite naissante, Irène et Alvare étaient devenus un couple-phare de la promo. On disait d'eux qu'ils étaient le parfait mariage du Nord et du Sud, qu'à la spontanéité d'Irène répondait la calme réserve d'Alvare. On aimait à les inviter et à leur prédire une brillante trajectoire professionnelle.

Il se prêtait encore de bonne grâce, mais sans passion, au jeu des conversations qui avaient tant occupé leurs cinq années d'études. On le trouvait toujours aussi fin et incisif. De son côté, elle moquait son beau Portugais parfois taiseux : « C'est un peuple mélancolique, ils ont besoin de silence, ils pensent à leur splendeur perdue, on ne me le changera pas, mon Alvare... » Et ne souhaitait qu'une chose : avoir à ses côtés cette calme présence silencieuse pendant de longues années.

Il lui avait dit un jour, dans leur lit, après avoir repris son souffle, sans s'expliquer davantage :

— Irène, tu es ma patrie.

Et il avait pensé, les yeux fixés au plafond : son corps est le lieu que je connais le mieux, sa voix le son dont je sais toutes les nuances, son odeur est mêlée à la mienne. Nous sommes là, elle va se tourner vers moi, poser sa tête sur mon épaule, je vais sentir la chaleur de son corps détendu, elle s'endormira peut-être, juste après un petit soubresaut, et je ne la poserai doucement de son côté du lit que lorsque mon bras sera trop ankylosé pour bouger. J'éteindrai ma lampe de chevet, et j'essaierai de dormir moi aussi. Mais le sommeil ne viendra pas tout de suite, comme si souvent ces derniers mois, car les yeux clos, j'entendrai résonner cette stupide question sans réponse : *Et maintenant ?*

Combien de fois ces deux mots l'avaient-il assailli ? Ils n'aboutissaient jamais à rien, ils revenaient, c'est tout. *Et maintenant ?* Quoi ? Quand ? Où ? Il avait beau chercher dans son esprit fatigué une issue, l'interrogation restait opaque. Il pouvait être sûr que chaque soir, sa journée, quelle qu'elle fut, se résumerait en ce qui devenait peu à peu une sentence : tu as travaillé, tu as parlé, tu as rêvé, bu, mangé, fait l'amour. *Et maintenant ?* Tout semblait tendre vers ce noir fond sans fin. Paroles, gestes, actions, rien n'en réchappait, et il se sentait gagné par l'étrange impression que ses journées, menacées d'inanité par cette implacable conclusion, se répétaient, se dupliquaient, fusionnaient en un cycle infernal.

Il ne pouvait lutter contre une question sans réponse. Ses insomnies répétées, immobiles, silencieuses, le laissaient dans un état second, au-delà de la fatigue, résigné sans savoir à quoi il s'était résigné. La nuit, le temps et les objets familiers qui l'entouraient se figeaient. Il pouvait bien tenter de rappeler à lui des souvenirs pour s'abstraire de ce présent sans fin. Se lever, parcourir le couloir silencieux et se réfugier sur le canapé du salon, sous un plaid. Lire un peu, puis retourner au lit écouter Irène respirer doucement. Rien n'y faisait, la question revenait. *Et maintenant ?*

Il consulta, bien sûr, Irène s'inquiétait, son teint était trop pâle pour un gars du Sud. On lui demanda s'il était dans un état de fatigue chronique, ou soumis à un stress excessif depuis quelque temps déjà. *Avez-vous dans les six derniers mois subi un choc ou traumatisme important, de nature physique et/ou psychologique ?* On parla mononucléose, surmenage, asthénie névrotique avec ce ton détaché et mécanique qu'il détestait tant chez les médecins. Les trois jours à Malte, entre selfies sur les murailles de La Valette et poisson grillé sur la plage n'y firent rien. Dans la chambre d'hôtel, une même immobilité hostile, un même refus obstiné de sa conscience, qui nc voulait pas l'abandonner au sommeil. On ne lui prescrit au final que sport et repos.

« Déjà-vu : Toute impression subjectivement inappropriée de familiarité d'une expérience présente avec un passé plus ou moins défini. » Il avait l'impression étrange de vivre cette définition trouvée en ligne. Il n'en avait auparavant que furtivement fait l'expérience, mais cet étrange dérèglement commença à gagner d'importantes parts de sa vie éveillée. Il suivait des conversations entières en somnambule, s'entendant prononcer des paroles déjà connues de lui, répondant à des questions déjà tranchées la veille. Ses trajets en scooter viraient à l'hallucination : ce caniche aux chaussons rouges qui suivait son maître au maquillage défait était là mardi dernier, cette camionnette de livraison blanche immatriculée 91 avait reculé sur lui dans cette rue en pente deux jours auparavant. Le soir, Irène lui parlait comme les jours précédents d'échantillons contaminés par un champ OGM. Il se voyait l'écouter et lui répondre « Et ça compromet ton étude ? » avant qu'elle ne réplique « Non, pas vraiment, mais on va devoir mettre un moratoire sur les producteurs de la région, dur pour eux. »

Alvare tenta de lui dire ce qui lui arrivait.

— J'ai ce sentiment étrange, ces derniers temps, d'avoir déjà fait ou vu tout ce qui survient lors d'une journée, c'est très bizarre, je ne sais pas quoi te dire de plus...

Mais Irène lui avait alors tourné le dos et s'était réfugiée, triste et troublée, sur le minuscule balcon qui prolongeait leur chambre. Ils ne pouvaient y tenir à deux, il n'avait pas essayé de la rejoindre, car au-delà de la stupide et blessante phrase qu'il avait prononcée sans réfléchir, rien, aucun mot plus humain ou plus juste n'aurait pu expliquer son état. Il la regardait - ses mains crispées sur la rambarde, sa tête imperceptiblement lourde et voûtée. Mais rien ne lui venait que le triste pressentiment d'une fin dont il ne se sentait pas même acteur.

Il devinait à sa silhouette immobile que ses mots d'une confondante banalité avaient sonné comme une condamnation. Ce qu'elle avait entendu, c'était le fameux *Je sais pas ce qui m'arrive, c'est pas toi, c'est pas de ta faute, c'est moi* du mâle lâche et lassé. Il aurait voulu la détromper, aller à l'encontre de l'évidence qui s'imposait à lui. Mais il ne sentait que l'envie sourde de se lever et disparaître, de partir et voir si ailleurs, il en serait autrement.

Irène était rentrée plus tôt ce jour-là, pensant le surprendre sur le canapé ou au piano. Elle voyait déjà son air presque coupable, puis le sourire qu'il allait esquisser avant de l'aider à ôter son manteau. Elle traversa machinalement le vestibule de leur appartement, et s'étonna de l'épaisseur du silence. Les clés rejoignirent la desserte, le manteau, comme alourdi par le poids d'une journée, fut jeté sur le fauteuil de l'entrée.

Elle les sentit avant de les voir : leur léger parfum de terre sous-tendu d'une nuance de miel, cette odeur humide des vraies fleurs.

Elles étaient là, étalées sur le sol. Posées plutôt que jetées sur les coussins du canapé, elles couvraient tout. Irène marchait, tournant la tête autour d'elle, pénétrée de leur présence incongrue dans l'ordre d'ordinaire sans faille de la pièce.

— Alvare, tu es là ?

Elle en saisit une rouge, ourlée d'un violet de sang sec : une rose d'Équateur, comme la première qu'il lui avait offerte. « Les plus belles du monde », selon lui. Belles et irrégulières.

Elles l'étaient toutes, déjà courbées, presque sèches pour certaines : elle avançait, et comprenait, maintenant. Il était parti sans un mot. Elle allait trouver, dans la chambre, son dressing vide sous la lumière froide du plafonnier. Et s'asseoir sur leur lit couvert, lui aussi, de ces fleurs qu'il avait toutes choisies fanées.

Quand elle rentra trois jours plus tard, quittant le refuge provisoire que lui avait offert une amie de longue date, elle ne fut qu'à moitié étonnée de trouver l'appartement, littéralement, à moitié vide. L'espace la surprit, ces pas qu'elles n'auraient pu faire avant, leur écho, ces pans de murs oubliés et maintenant révélés. Quelques traces marquaient encore au sol l'emplacement de son fauteuil mais c'est dans la bibliothèque que l'évidence de son départ se faisait plus cruelle encore : des volumes orphelins, privés de la compagnie de ceux qui les soutenaient depuis longtemps déjà, penchaient, s'effondraient, se tordaient ou vacillaient. Tous ses livres étaient partis, et cette belle partition que tissaient leurs lectures communes ici rassemblées était maintenant bancale, à jamais incomplète. Devant les livres, quelques carrés exempts de poussière signalaient une collection d'objets disparus. Il avait laissé toutes leurs photos communes, celles que d'un geste las et lent, elle avait rabattues ou retournées le soir de son départ. Des roses, elles ne savaient que faire. Quelques-unes, écrasées par le ballet des déménageurs qu'il avait dû diriger dans leurs travaux hier ou le jour d'avant, gisaient au sol, un peu grotesques, comme anamorphosées, prêtes pour l'herbier qu'il affectionnait tant. D'autres avaient seulement bruni et séché : presque noires, elles se détachaient des surfaces lisses et modernes du trois pièces rénové.

Lorsqu'elle descendit prendre l'air, vaincue à l'idée d'affronter le vide froid de la chambre et du lit, elle trouva dans la boîte aux lettres sa clé, laissée là sans un mot.

Que lui avait dit Steve, lorsque, posant la main sur son bras, il l'avait interrompu ? Alvare ne s'en souvenait guère. Il était encore tout entier à son récit et n'avait que machinalement raccompagné le blogueur, qui marchait la tête basse, agitée seulement de brefs mouvements de dénégation. Le jour, à seize heures, déclinait déjà, et il eut l'envie soudaine de rentrer dans son *bachelor* et de revoir ces traces de la vie parisienne ressuscitées par ses paroles.

Débarrassé de son manteau, Alvare contemplait trente minutes plus tard l'œuvre née d'un récent après-midi pluvieux : une bibliothèque raisonnée, dont les principes d'organisation ne pouvaient être compris que par lui. Pas question, en effet, de recourir à un vulgaire classement par genre : comment faire cohabiter sans les offenser des romanciers aussi dissemblables que Lobo Antunes et Zola ? Quant au classement alphabétique, il ferait naître des horreurs : Camoes accolé à Cendrars, Tagore vivant sous l'œil de Tzara... Et tout le pan scientifique de ce mur : Laurent Aké Assi, ce génie de la brousse, au côté de William Townsend Aiton, le jardinier de la Couronne ? Le couple eût été bien trop mal assorti.

Non, il fallait classer, ou plutôt rapprocher par affinités sélectives. Julien Gracq et Marguerite Yourcenar pouvaient s'entendre : leurs langues atteignaient à une forme un peu figée de perfection romanesque. *Les Lusiades* devaient côtoyer l'*Iliade* et l'*Odyssée*, tant leur souffle épique les rassemblait. Il fallait voir une bibliothèque comme une communauté d'expériences et d'esprits, et rien ne l'autorisait à décider que Flaubert devait subir l'embarrassante proximité d'un Hugo dans une absurde section Roman. Alvare se saisissait d'un livre, puis jaugeait où le disposer. Lorsque l'évidence d'un classement parfait se manifestait, il en éprouvait une joie simple : celle de voir les choses à leur place.

Puis vint ce bel ouvrage posé à l'envers, et dont il n'avait aucun souvenir. Il était lourd, presque neuf mais sa maquette trahissait son âge. Encore le résultat d'une de ses lointaines flâneries sur les quais de la Seine, dont il ne fallait pas rentrer sans avoir rempli les poches d'un bouquiniste. *O Livro do desassossego : Le livre de l'intranquillité* de Pessoa. Une tentative, sans doute, pour réveiller cette ascendance lisboète qui lui semblait parfois si ténue. Avec son portugais paresseux d'exilé, il n'avait guère dépassé les premières pages : la langue de ses ancêtres, s'il en saisissait sans mal le sens, lui était de plus en plus étrangère. Vu le poids de l'ouvrage, il devait pourtant contenir une bonne part de cette âme – mélancolie, parfum presque passé d'une gloire révolue, souvenir des immenses territoires sauvagement conquis, exploités puis perdus – dont il se savait confusément l'héritier. Son grand-père Alvaro, un lettré sous des habits de modeste employé, lui avait raconté la légende de cet idiome créé de toutes pièces dans le royaume de Galice : on ne lui avait assigné qu'une fonction, disait-il. Être belle...

Il l'ouvrit au hasard d'une page et s'apprêtait à dire à voix haute quelques lignes, quand un Asphodèle d'Arrondeau et ses six tépales blancs rayés tomba à ses pieds. Il le ramassa délicatement. Voilà à quoi ce gros volume avait servi, finalement. Pessoa comme herbier. La fleur venait de Galice du Sud, il l'avait trouvée là, dans les sols calcaires qu'elle affectionnait tant, lors d'une de ses longues randonnées d'herboriste.

Ce n'était pas une passion commune chez les gens de son âge, et elle avait suscité, davantage que d'ouvertes moqueries, des soupçons plus subtils d'autisme ou de refus des autres. *Tu préfères la compagnie des plantes ? Tu as peur de la contradiction, c'est ça ?* Plus on l'interrogeait sur cette inclination d'un autre temps, plus l'envie d'être seul, sac sur le dos, manuel de référence en poche sur un sentier tortueux, le gagnait. Qu'y avait-il à expliquer ? Il quittait le monde des hommes, sa rumeur si inutile, parfois, et gagnait un royaume silencieux, où agir sans paroles suffisait. Marcher, grimper, sentir son corps tout entier mû par ce long effort qui le sollicitait sans le brusquer. Et puis, au détour d'une roche, s'arrêter, observer, toucher, identifier un livre à la main. Prélever doucement, après avoir admiré la perfection de la plante, son anatomie à l'unisson des conditions changeantes qui l'entouraient.

Les épines des chardons, la farouche volonté des mousses et des lichens, la floraison si brève des androsaces : tout témoignait, dans cette cordillère, d'un ordre simple et immuable. Et parfois, un spécimen rare – un *brachytropis*, un sabot de Vénus égaré en terre portugaise – se laissait surprendre. Il s'en émerveillait, heureux de l'identifier, d'en observer les particularités. La taxonomie était une lutte contre le chaos du monde. Nommer, classer pour rendre intelligible une apparente infinité d'espèces enfin rendues à leur famille, connectées à un ordre : elle satisfaisait à ce besoin de clarté qui lui avait fait choisir les sciences du vivant. Et ces heures en altitude offraient un bonheur calme, qui se refusait trop souvent à lui lorsque, rendu au bitume et au béton qui défilaient sous ses pieds, il rentrait, souvent tard, dans sa chambre d'étudiant de Coimbra.

L'asphodèle avait remarquablement traversé toutes ces années, et l'océan qui le séparait de son terroir d'origine. Il avait dû oublier de le classer, après quelques semaines de séchage dans un de ces herbiers qui eux aussi avaient rejoint le *bachelor*. La plante, même détachée des paysages qui l'avaient vue croître, gardait pour lui tout son pouvoir d'évocation : séchée, entre ses doigts, maintenant posée sur une feuille blanche, elle pouvait faire étale de la pureté de ses formes. Le périanthe, son calice et sa corolle, protégeaient les délicats organes reproducteurs de cette vivace bretonne allée s'égarer au nord du Portugal. On avait, en des temps de disette, consommé les tubercules de cette plante pourtant associée aux Enfers : le pré de l'Asphodèle y accueillait les âmes, ni bonnes ni mauvaises, condamnées à le parcourir sans but dans une éternelle attente. Sans doute la faim était-elle assez vite venue à bout de ces superstitions. Peut-être ces maigres bulbes avaient-ils même sauvé pour un temps quelques malheureux efflanqués.

Alvare décida que Pessoa, dans sa quête absolue de la beauté du monde, avait été un parfait abri pour cette fleur. Il le plaça délicatement au côté des *Rêveries du promeneur solitaire* de Rousseau. Les deux livres semblèrent s'entendre : entre le comptable poète et l'herboriste misanthrope, une bien belle amitié de papier pourrait naître. L'intranquillité de Pessoa, la souffrance narcissique de Jean-Jacques : lequel de ces deux immenses fardeaux allait alléger l'autre ? Les deux volumes maintenant soudés pouvaient désormais s'épauler. Il s'éloigna et regagna le velours bleu du fauteuil. Il regarda sa bibliothèque, baignée dans la lumière des années soixante de ce coin de salon. Cette projection de lui-même qui le rassurait et l'ancrait.

Et le sommeil qui le gagna fut délicieux.

Je me retourne. Je suis déjà loin de la plage, mais mes parents lisent ou dorment : ils sont trop petits sous le parasol pour que je voie ce qu'ils font. Et eux ne me voient pas.

Je voudrais être plus grand : j'aurais moins de pas à faire pour y arriver. Là, mes bottes m'empêchent de marcher, et avec l'épuisette en plus, je dois souvent m'arrêter. Mes pas marquent le sable, mais si je me retourne encore, ils sont déjà effacés. Les rochers sont bientôt là. Tant mieux : je m'enfoncerai moins. Je dois faire vite, je vois déjà les moutons au loin, la marée est montante.

Dans la première mare, pas grand-chose : l'eau a fui depuis longtemps, et la vie avec elle. Je m'accroupis, je soulève une pierre : trois puces d'eau filent s'enterrer et font la morte. Je pourrais les poursuivre un peu du doigt mais je repars.

L'autre est déjà mieux, une piscine. Elle est presque fermée, l'eau est restée, n'a pas trop chauffé. Au fond, super ! une petite anémone. Vivante. Quand on les retire de l'eau, on est toujours un peu déçu. Elles se tassent comme une mini méduse. Je la laisse au fond du filet et là, c'est plus drôle : les tentacules bougent, je les compte. Elle en a vingt-trois. Sous le soleil, elles s'agitent. Je la repose sur le sable. On croirait pas comme ça, mais elles bougent assez vite, comme les étoiles de mer. Elle rampe, il lui faut du dur pour se fixer de nouveau. J'approche une pierre, elle monte dessus.

Je continue mon tour, l'épuisette à la main. Je la cale à la sortie de la mare. J'agite l'eau autour, je sais que dans les algues, parfois... Il est là ! Le poulpe ! Je saute dans l'eau, je suis trempé mais tant pis, je ferme le filet d'une main. Il n'est pas content : de l'encre noire s'écoule et teinte l'eau autour de mes genoux. Je vois les tentacules qui s'accrochent et s'emmêlent aux mailles.

Au bout d'une minute à le regarder se débattre, je me sens triste. Il vit là, j'arrive, je suis un géant, j'agite tout autour de lui, je lui fais peur, je le sors de l'eau... C'est drôle, mais c'est pas très gentil. Alors je m'abaisse, je relâche la main qui fermait le filet. Il hésite, c'est peut-être un piège. Il sonde d'un tentacule : est-ce qu'on me libère, là ? Puis deux, dont un s'ancre sur un rocher. Et il file...

Je me relève. Plus de reflet du soleil, un nuage passe au-dessus de moi. L'eau devient translucide. Je vois les algues qui swinguent, les alevins groupés dans le courant, les anémones ouvertes ou fermées. Plus de trace du poulpe, qui se remet de ses émotions.

J'ai huit ans. Je suis un explorateur, mais généreux avec ceux qu'il découvre. Les mares sont mon royaume, qui change au gré des jours. Je reviendrai demain et tous ces petits mondes seront encore là pour moi.

Je regarde vers la plage. Ma mère, les mains sur les hanches, debout, cette fois. Il faut que j'y aille...

Quand Alvare se réveilla, la première chose qu'il vit fut ses pieds : point de bottes jaunes, point de mer à Guincho. Juste le bleu passé du fauteuil, et un réveil qui lui disait, comme son dos qui craquait, qu'il avait passé la nuit là, à rêver.

Arrivé à la serre, il croisa Victor, le technicien qui inspectait comme tous les mois le puits géothermique. Ils ne se saluaient jamais, mais préféraient engager des conversations incongrues, venues de nulle part, sans se distraire de leurs tâches respectives.

— Tu pêchais à pied quand t'étais petit ?

— Ben non, on avait un canot, on naviguait.

— Non, je veux dire, pêcher à pied en mer, tu sais, avec une épuisette, à marée basse.

— *Man*, j'ai grandi en Mauricie, dans l' bois, alors moi, la mer...

— Explorer les mares, sur la plage, t'as pas fait ça ?

— Non, jamais, pourquoi tu veux savoir ça ?

— Je sais pas, pour moi, ça a compté, j'en ai rêvé cette nuit.

— Content pour toi, mon ami. En attendant, j'ai sondé tes tuyaux, et là, y a un truc qui me chiffonne.

— Ah ?

— Des drôles de vibrations à trente ou quarante pieds que je comprends pas bien. Le puits s'agite, et pis y devrait pas, y est trop récent pour ça. La pression devrait être plus constante. J'vais *checker* ça plus en détail le mois prochain.

Victor reparti, Alvare repensa un instant à ses mares, près du Penedo, à Guincho. Puis à ses balades d'herboriste en Galice. La mare, la montagne, les serres : les trois lieux bénis d'un règne pacifique, qu'il prolongeait ici en souverain magnanime.

Il n'était pourtant pas seul ici. Il avait su comme à Paris s'entourer assez vite. La parole, en Amérique du Nord, était facile et n'engageait à rien. Bientôt, une nébuleuse de visages plus ou moins familiers vinrent remplacer ceux des amis de promo parisiens, qui avaient pour la plupart pris le parti d'Irène, et il se trouva invité à dîner - souper, comme on disait ici - dans un restaurant nouvellement ouvert.

L'imitation était presque parfaite. On avait pris soin de tamiser les lumières, pour que le bois verni des panneaux, récupérés dans une vieille fabrique de meubles, donne au lieu un charme *vintage*. Même si trois mois auparavant, un magasin de vente de bonbons en gros occupait encore les lieux, les ampoules à filament diffusaient à des hauteurs variables une lumière qu'Alvare lui-même crut reconnaître : celle d'un café brun à Bruges ou Amsterdam. La porte de grange ouverte qui séparait la salle des cuisines complétait bien l'ensemble, qu'on avait voulu rustique, chic et urbain à la fois.

— Ça fait très Vieille Europe ici, ça me rappelle les Pays-Bas ou la Belgique.

— On s'est dit que ça te plairait.

Amélie avait dû forcer un peu la voix pour lui répondre, car à 19h30, le service battait déjà son plein. Lorsque Alvare s'était étonné du volume sonore dans les bars et cafés de la ville, un collègue lui avait appris que des acousticiens veillaient, lors des travaux d'aménagement, à augmenter la réverbération, pour amplifier le bruit ambiant.

— Si tu veux du calme, mon gars, tu sors pas, tu restes chez toi.

Ce nouveau restaurant, dans un quartier bientôt gentrifié, n'avait pas failli à la règle, et c'est un peu étourdi qu'il gagna la table d'aluminium brossé dressée pour eux. Des torchons blancs rayés de rouge tenaient lieu de serviette, et le vin fut bientôt servi dans de vieux verres à eau Duralex. Le menu sur papier brun recyclé se voulait exhaustif : le nom des produits présents dans chaque plat y était détaillé, ainsi que sa provenance, et le serveur débita avec dextérité le contenu des spéciaux du jour.

Autour de lui, des ingénieurs, agronomes pour la plupart, qui avaient pris sur eux de l'accueillir avant sa prise de fonction dans le projet *champ des possibles*. Ils étaient huit à table, et seul Alvare ne s'était pas saisi de son iPhone en s'asseyant. Dernière vérification des courriels du boulot, pensa-t-il, avant que Guillaume, à sa droite, n'esquisse un sourire éclairé par l'écran LED 5,5 pouces, sans en lever la tête.

— Vous avez vu ça, vous autres ? La dernière du Donald ?

Tous acquiescèrent sans lever davantage les yeux, et quelques sacres se perdirent dans le brouhaha général.

Alvare crut donc la discussion lancée, et tendit l'oreille pour savoir quand placer une vérité qu'il s'imaginait profonde car venue d'Europe. *Tester la solidité des institutions américaines ? Voir quelles formes de résistance civique la gauche allait inventer ?* Il hésitait encore, mais déjà, Louis tendait à tous son portable.

— *Checkez* ça. Elle arrive demain chez moi.

— Wow, *man*, trop cool.

Alvare ne put que se joindre au concert de louanges : La Pavoni Pro Lever était une très belle machine espresso manuelle. Louis en détaillait déjà les specs, et les murmures d'approbation de tous en disaient long sur la justesse de son choix. Amélie lança :

— Ça y est les gars, au bout de trois ans, j'ai enfin une bonne raison de passer la nuit chez Louis. Au moins le café du lendemain sera bon !

La réplique de Louis ne vint pas et ce qui, à Paris, eût donné lieu à une riposte faussement indignée se résolut ici en une bise amicale. Le *one-liner* avait fait mouche, le sujet était plié.

Le léger étourdissement d'Alvare ne faisait que s'amplifier. On avait avant même l'arrivée des entrées changé trois fois de sujet, et malgré la bonne humeur de ses compagnons de table, il glissait sans cesse hors des conversations. Parsemées de noms et de références inconnus, elles dressaient entre eux et lui une barrière invisible : il était, ici, dans une étrange situation de handicap linguistique. Il ne comprenait rien à cet art de la parole instantanée, rapide, à l'impact immédiat. Pourtant, Amélie et Louis étaient français, arrivés ici pour leurs études, puis restés lorsque trois employeurs s'étaient disputé leurs services. Mais ils avaient adopté du Québec, sinon sa parlure – rien de pire que les pitoyables imitations condescendantes auxquelles se livraient certains maudits –, du moins le format minimal de ses conversations.

Alvare avait bien tenté de creuser le sillon d'un sujet au-delà des fragments de deux minutes qui semblaient contenter tout le monde, autour de cette table comme des autres. Le projet, par exemple, sa viabilité, sa vocation sociale : « Vrai projet d'agriculture urbaine raisonnée, ou coup de comm' de la Ville et du consortium ? Vous voyez ça comment, vous ? »

Tous s'étaient regardés avant que Louis ne réponde finalement d'un haussement d'épaules :

— C'est sûr que tu peux te poser des questions sur la *job* mais regarde. T'es là, tu débarques à Montréal sur un projet cool, tu sais déjà que pour un *one night stand* avec Amélie, ça va prendre une plus belle machine à espresso que moi. C'est pas si pire !

Même succès, même courte hilarité. Alvare s'était joint au chœur de rires amusés, mais un vertige le gagnait : parlait-on comme ça dans ce cercle, à la surface des choses, à la recherche d'effets et d'infos au format d'un tweet ? Lui faudrait-il, comme un coureur de demi-fond faisant l'absurde pari de passer au sprint, changer du tout au tout sa rhétorique au vernis si français ? Revoir ses formules comme il raccourcirait ses appuis ? Rechercher l'explosivité du *one-liner* quand il avait patiemment appris à trouver son rythme et à moduler ses efforts ?

À mesure que le repas, superficiellement bon, avançait, Alvare se sentait s'affaisser et ne plus suivre les bribes de conversations qui se formaient autour de lui. Il se sentait littéralement déraciné, semblable à une pousse qu'on aurait extraite de son substrat pour baigner ses racines dans une nouvelle solution nutritive. Choc de transplantation : c'est le terme qu'utilisait l'industrie pour désigner cette phase d'hébétude qui frappe tout végétal arraché à sa terre d'origine. Il s'en remettait le plus souvent, comprenant qu'on pouvait se nourrir sans lutter dans ce bain tiède et parfaitement calibré. Mais certains plants dépérissaient, pleurant à jamais le terreau boueux ou la tourbe qui les avait vus naître : leurs racines refusaient de boire, la capillarité n'opérait plus. Ils jaunissaient puis flétrissaient au milieu de leurs semblables florissants qui, eux, avaient capté le meilleur de leur nouvel habitat hydroponique.

Alvare aurait voulu se nourrir de ce repas, de la compagnie sans passif de ces nouveaux compagnons de vie. Mais c'était pour l'heure impossible. Ils avaient pourtant en commun l'amour des plantes, des projets novateurs, la fierté de ceux qui, loin des égarements virtuels de la tech, produisaient encore du vivant. Ou l'avait-il seulement imaginé ? Le projet n'était-il qu'*une job cool* et sans âme ? Les mots qu'il entendait le traversaient sans résonner, sonnaient creux, et les écrans avaient capté toute l'attention de ses convives. On parlait sans se voir, téléphone en main, et les visages rendus blafards par la lumière bleue des portables semblaient vides de toute volonté de se tourner vers l'autre. C'était une assemblée de jeunes gens assis en même temps autour d'une table, dans un lieu trop neuf. Une nouvelle forme de vide, sans le charme insaisissable d'une conversation anodine, dans un café brun à Bruges ou à Amsterdam.

Rentré seul après des au revoir rapides, Alvare franchit le pas de la porte et leva les yeux vers le fond du couloir. Le reflet ondulé des lumières qui irradiait les murs, la parfaite transparence de cent litres d'eau pure, les couleurs intenses des plantes qui dansaient dans un léger courant, la horde fluorescente des tétras néons : l'aquarium lui faisait face. Il n'était pas massif, mais ainsi placé face à l'entrée, on ne pouvait le manquer. Il avait dès son installation été un de ses premiers chantiers. Trois mois après, une oasis de vie aquatique l'accueillait tous les soirs.

Juché sur un tabouret de bar, Alvare se fit une nouvelle fois le spectateur des drames miniatures qui se jouaient devant ses yeux. Dans un coin, une crevette cerise disputait à un assassin, petit escargot carnivore, la mue translucide d'une de ses congénères : elle tentait une vaine fuite à l'anglaise vers le refuge rêvé d'une fougère de Java, mais lui, solidement ancré sur la vitre, jouait du poids de sa coquille pour entraîner son butin par le fond. Le plus souvent, Alvare ne voyait pas l'issue du combat, qui se dénouait dans les entrailles de cette jungle devenue luxuriante. Ses créatures aquatiques étaient de parfaits compagnons, dont le silence n'était pas la moindre des qualités. Elles luttaient sans effort contre le faible courant de surface, ou plutôt s'en jouaient à la manière d'une sterne surfant les flux contraires d'un jour venteux en Islande. Sensibles aux vibrations bien plus qu'aux sons, elles se cachaient à son approche, puis se redéployaient avec grâce lorsque installé, il se faisait moins menaçant. Les crevettes, de minuscules *neocaridinas*, se suspendaient aux feuilles tripartites d'une lentille d'eau, les faisant couler : parachutistes de l'éphémère, elles ne lâchaient prise qu'après une descente vertigineuse à leur échelle. La parfaite mécanique de leur appareil propulseur se mettait alors en marche, et elles se postaient sur une mousse de Noël avec un flegme digne des plus grands cascadeurs. Alvare regardait ces insignifiants épisodes avec la bienveillance d'un dieu satisfait de laisser un monde aller à sa guise : il n'intervenait que très peu, tant le système, mature depuis peu, fonctionnait en quasi-autarcie. Les bactéries nitrifiantes du filtre absorbaient puis transformaient l'ammoniaque provenant des déchets, et les nitrates ainsi créés alimentaient les plantes, qui libéraient à leur tour de l'oxygène. Le cycle ainsi établi se répétait sans fin, l'eau restait d'une qualité constante, et un parfait équilibre unissait tous les acteurs de ce conte sous-marin.

Ce soir-là, il découvrit, au pied de cet aquarium ouvert dont émergeaient les plantes, un *otocinclus* tout arqué. Son pensionnaire avait choisi le suicide et fini asphyxié sur la dalle de béton chauffée. Il ramassa délicatement le défunt déjà raide et sec, dont il ne comprenait pas le choix. *Pourquoi avoir sauté ?* Nourri chaque jour dans une eau à 25 °C au pH constant, sans niveaux toxiques d'ammoniac ou de nitrates, riche en oxygène dissout, il avait rejoint un paradis aquatique lui garantissant santé et longévité. Des mini-turbines allaient jusqu'à simuler le courant de son lointain fleuve d'origine...

Si l'événement restait rare, il n'en troublait pas moins Alvare. Certes, des naissances régulières maintenaient la population générale à un niveau constant, mais il se désolait qu'on ait pu vouloir fuir ce monde qu'il avait voulu parfait. Dans les colonies de pingouins, en Antarctique, il arrivait aussi qu'un individu, quittant la chaleur rassurante du groupe et de ses congénères, marche obstinément vers l'intérieur du continent glacé. Rien ne l'y attendait qu'une mort certaine. Pourquoi partir ainsi et fuir la vie ? Pourquoi sauter du bac ?

Alvare se détacha, pensif, du cent litres planté auquel il avait donné vie, et au creux de sa main, son ancien pensionnaire, gueule ouverte à l'œil vide, emporta avec lui son secret.

Au moins, avait-il pensé, une photographe m'encombrera toujours moins qu'une équipe de tournage...

Lorsque Alvare avait reçu un nouveau courriel de Darcheville, sobrement intitulé Plan Comm, il avait pensé que son patron, ayant compris ses stratégies dilatoires, allait en sus d'un rappel à l'ordre lui renvoyer Daria et son équipe. Il n'en fut rien.

Richard Darcheville. 08 :11.
Objet : Plan Comm' Alvare,

Vous n'êtes pas un professionnel de la communication. Dont acte : cela n'a jamais fait partie des attributions qui vous sont dévolues. Cependant, on peut attendre d'un employé qu'il se soucie du bon déroulement des opérations dont il a la charge, au-delà de la tâche dont il s'acquitte au départ. Donner au projet champ des possibles une plus grande visibilité, c'est aussi le pérenniser en créant en sa faveur un courant d'opinion positif et porteur.

C'est pourquoi j'ai accédé à la demande de Mlle Daria Mansour, qui, pour faire bref, se résume à un compromis tout à fait acceptable. Son assistant Steve Dubois – vous l'avez rencontré – a déjà écrit les premiers posts d'un blogue dont vous êtes officiellement l'auteur : Dans les serres d'Alvare. La maquette en a été confiée à une designer graphique. Une version bêta dont le contenu pourrait a minima alimenter les deux premiers mois, sera bientôt en ligne.

Votre tâche est simple : accueillir et accepter la présence à vos côtés d'une photographe, Mlle Sarah Lechner, qui documentera la vie des serres et alimentera le blogue. Ne vous souciez pas des textes, vous n'aurez pas à les écrire. Si d'éventuelles sollicitations média venaient à se manifester (entrevue, article presse), il vous suffirait de répondre en cohérence avec le contenu du blogue, qui sera au cœur d'un petit écosystème sur les réseaux sociaux (Facebook, Twitter, Instagram pour commencer).

J'aimerais très vite avoir votre sentiment sur ce plan comm' qui ne saurait prendre corps sans un plein engagement de votre part. Si vous aviez des réserves, il serait toujours possible de vous réaffecter à un projet plus conforme à vos aspirations.

Cordialement,
Richard Darcheville,
Président fondateur/CEO and founder
Consortium Ville verte/Green city consortium

Les termes du marché avaient le mérite d'être clairs, et Alvare ne se formalisa pas de la menace à peine voilée.

Il accepta par retour de courriel, et se fit répondre que la photographe serait à la porte de ses serres le lendemain matin. Il lui ferait bien sûr bon accueil.

— Un café ?

— Non merci, ça me *speede* trop, je marche plutôt au kombucha.

Quel âge pouvait-elle bien avoir ? À la croiser dans la rue, on l'eût imaginée se fondre dans le flot d'adulescents qui sortaient en grappes des immenses campus de la ville. Son visage bien dessiné n'avait pas l'aspect lisse et poupin de celles qui hésitaient encore à sortir de l'enfance, mais le vide de son regard avait tout du détachement qu'affectaient tant de ces jeunes gens en devenir.

Elle s'était accroupie, sa cellule à main autour du cou, armée d'un Canon dernier cri, et vérifiait que son Notebook était bien chargé.

— C'est pour voir les images valables sur un vrai écran, pas au dos du Canon. Ça m'aide à faire le tri.

Faire le tri... Elle avait donc l'intention de multiplier les clichés, d'utiliser cette absurde capacité des appareils digitaux à capturer une infinité d'images insignifiantes ?

— On va faire simple : je suis pas là, tu fais ton truc, tu me vois pas. Pas de regard vers l'objectif, pas de pose à la con. Je te suis, je m'efface.

Alvare avait acquiescé sans oser protester, et l'étrange ballet qui allait rythmer sa vie pour les semaines à suivre commença aussitôt. Il comprit très vite que faire abstraction d'un objectif sans cesse en mouvement qui le mitraillait à chaque seconde relevait de l'impossible. Il se voyait et se sentait bouger moins vite qu'à l'ordinaire, conscient qu'il était de chaque geste, de chaque pas. Ses yeux se détournaient d'instinct de cet assaut, et telle la mouche du coche, Sarah trouvait des angles toujours renouvelés pour l'approcher. Son visage à demi mangé par la lentille ronde du 80 mm grimaçait, et son index droit s'arquait en cadence sur le déclencheur. Alvare distinguait le feulement discret de l'autofocus et comptait les claquements sourds en série qui hachaient en rafale la moindre de ses actions. Sarah continuait autour de lui sa chorégraphie circulaire, avec une souplesse et un sens de l'espace qui le laissaient pantois : quel sixième sens lui permettait de ne rien heurter, de ne jamais trébucher lorsque marchant à reculons, elle photographiait ses mains séparant deux plants de fraise matures ? Elle fondait sur lui dans un mouvement calme et constant, puis prenait un peu de champ, avant de s'effacer pour le laisser passer, et revenir à l'assaut. Au bout de quelques minutes, elle s'arrêta.

— Je crois qu'on l'a.

— Quoi ?

— Ben, la première image du blogue. La première page. Celle dont on tirera le logo.

Sur l'écran 10,1 pouces du petit Notebook Asus, Alvare se découvrit examinant avec minutie un tout jeune cultivar de fraisier. Il avait l'air concentré et paternel du jardinier soucieux du bonheur de ses plantes, mais sa blouse siglée rappelait l'ambition scientifique du projet. Tout autour de lui, un magnifique flou de portrait transformait la serre en un fond abstrait où végétaux, verre et lumière fusionnaient. Sarah avait du talent : on était bien *Dans les serres d'Alvare*, jardinier en blouse blanche, et future image du projet *champ des possibles*.

— On reprend ?

Il ajusta ses gants, et l'appareil se remit à déclencher.

Comme il l'avait pressenti avec un léger vertige, cette séance photo marqua un tournant. Il fallut renoncer au beau rêve autarcique qui l'avait conduit au *champ des possibles*. Vivre en anonyme une vie neuve, délesté de toute identité, puis décider peut-être de s'ancrer, de retisser des liens : c'était ce que Montréal devait lui offrir, loin des années portugaises et parisiennes qu'il avait sans bien savoir pourquoi décidé de quitter.

Mais il était devenu le jardinier en blouse blanche du blogue. Sarah s'était, en le photographiant ce jour-là et les suivants, emparée de son image qui, capturée, retravaillée, diffusée, lui avait tout bonnement échappé. Elle l'avait scruté sous tous les angles, disséquant sa gestuelle, isolant un regard, un geste technique ou anodin. Sur l'écran de son Notebook, à la fin d'un des derniers *shootings*, il regarda défiler les images du jour : ce pantin désarticulé prisonnier d'un *comic strip* un peu absurde, c'était lui. Alvare pensa à ces Papous qui, au contact des premiers explorateurs les ayant rencontrés, s'étaient effrayés de leurs chambres photographiques, ces machines à enfermer les âmes dans une boîte. Quelle clairvoyance... Une fois dupliqué, classifié, étudié, on ne s'appartenait plus.

Dans les serres d'Alvare, il n'en était pas autrement. Son nom *brandé* par l'équipe, son image de scientifique entouré de ses plantes : il était désormais le visage du projet et de ses valeurs – les mots venaient de Daria – *saines, progressistes, humanistes.*

Les sollicitations ne tardèrent pas, et des éléments de langage vinrent au secours d'un – *dixit* Daria, de nouveau – *grand timide passionné. Partage-progrès-communauté-sécurité alimentaire-dimension sociale et éducative* : il sut très vite dans quelles directions infléchir le cours des reportages et entrevues. Il s'en amusa presque au début, cochant mentalement une case lorsqu'un axe du projet comm' avait été abordé, reproduisant les poses que Sarah avait immortalisées, offrant aux journalistes contents d'avoir trouvé là un sujet consensuel et porteur un panier de fruits et légumes du jour dont ils ne savaient trop que faire. Aux distributions, la file s'était allongée : Alvare peinait à combler la demande. Une troisième serre était déjà à l'étude, on allait tester la capacité du puits géothermique à la chauffer.

Abonné à son propre blogue, l'ingénieur/jardinier/immigrant modèle en faisait régulièrement la lecture. C'était un étrange exercice : Steve lui prêtait tous les traits d'un enfant qui, devenu adulte, n'avait rien perdu de son précoce enthousiasme. À partir de quelques bribes qu'Alvare avait à contrecœur consenti à lui livrer, le bloggeur stagiaire avait bâti un personnage émerveillé et un peu creux, sorte de clone *light* de son trop cérébral modèle. L'hybridation pourtant contre-nature du scientifique et du communicant semblait satisfaire tout le monde.

Steve avait même imaginé la signature, lisible et élégante, de son *Alvare Sarmento* de pacotille. Dans l'imagination excitée du jeune rédacteur, la moindre opération de routine devenait un exploit et, des dangers potentiels dont il avait dressé la liste, aucun n'avait épargné le monde si fragile des serres : pucerons ravageurs et maladies fongiques étaient sortis de nulle part, mais on avait lutté, traité, vaincu. Le *storytelling* du blogue devait ménager des variations de rythme, créer des arcs narratifs à suivre de *post* en *post*. La récolte de laitue menacée par des traces de mildiou allait bien évidemment survivre, et rejoindre les assiettes réjouies d'un restaurant du quartier. Les serres, équipées de webcams, diffusaient des *time lapse* hebdomadaires montés par Cédric : on suivait maintenant la croissance des pousses de la nurserie dans de nombreuses écoles. Semaine après semaine un plant de fraise, chargé de fruits, lançait ses stolons et se multipliait, perpétuant presque à l'infini sa si féconde espèce. Alvare, toujours vigilant, rassurait ses lecteurs et distillait de précieux conseils à qui aurait voulu l'imiter. Avec lui, tout devenait possible, et un magnifique futur hydroponique allait révolutionner l'agriculture urbaine montréalaise.

La Ville avait besoin de ces héros du quotidien, visages accessibles et rassurants de l'image nouvelle qu'elle voulait se forger : l'ouvrier sur le chantier du Centre hospitalier universitaire, l'enseignant dans sa classe, le médecin de famille à sa consultation, l'urbaniste devant ses plans. Et lui, souriant modestement lorsque le maire, tourné vers les photographes assemblés dans une allée de la serre, lui tendait une main à serrer sans même le regarder.

Si ces honnêtes travailleurs étaient étrangers, leur plus-value s'accroissait encore davantage. Ce qu'on demandait aux immigrants, se dit un jour Alvare en distribuant ses paniers, était finalement assez simple : il leur fallait user de leur *plasticité*, comme il le faisait lui-même depuis si longtemps. Se conformer à la figure idéale de l'exilé honnête, effacé, gommant toute aspérité pour se fondre dans une société qui, acceptant cette image lisse, saurait se faire accueillante. Pour lui, rien de plus simple : son visage et ses manières d'Européen du Sud le protégeaient des mines fermées, des regards détournés, des pas de côté qu'il surprenait souvent dans une Montréal pourtant cosmopolite. Mais pour les vrais déplacés, les déracinés de force, transplantés ici par nécessité plus que par choix, qu'en était-il ? Où était la serre dont ils feraient leur royaume ?

Sous ses pas, le *champ des possibles* craquait. Toute la nuit, neige et pluie s'étaient mêlées, avant qu'un vent glacial ne vienne consacrer leur union en les figeant l'une dans l'autre. Alvare progressait prudemment, et aucun autre piéton ne s'était risqué, ce matin, à défier la tempête printanière. Les chemins improvisés qui quadrillaient le champ s'étaient effacés en quelques heures, et c'est à vue qu'il naviguait sur un terrain hostile, impatient d'apercevoir ses deux serres, et de s'y enfermer.

Il les vit au loin et sut très vite que quelque chose n'allait pas : les panneaux vitrés, le matin, ruisselaient d'ordinaire de fines gouttelettes. Elles rendaient visible la frontière si ténue entre le microcosme protégé de la serre et le froid qui figeait encore tout au dehors. Mais lorsqu'il approcha, d'étranges étoiles siamoises les avaient remplacées : un givre éclatant, presque opaque, jetait sa toile géométrique du sol aux toits incurvés. La lente descente des gouttes avait cessé. À l'allure de pénitent de ses plants – tiges et feuilles avachies, comme vaincues par une gravité trop forte – Alvare comprit que tout avait péri.

Il flasha sa carte et poussa la porte. Un froid humide avait pris possession des lieux. Au sol, des cristaux de glace se dessinaient dans de petites flaques immobiles. Il toucha machinalement du doigt la solution nutritive qu'il avait redosée hier, mais il savait déjà qu'elle aussi avait gelé, et avec elle, les racines de tous les plants.

Alors qu'il avançait dans les rangées, le silence des lieux le frappa. Le doux bruissement des pompes n'accompagnait plus ses pas, les liquides figés ne circulaient plus dans les tubes de PVC blanc qu'il longeait. Il tira la poignée glacée du local technique. La porte rouge s'ouvrit sur un calme qui lui dit tout. La turbine, muette, ne tournait pas. Le sifflement de la vapeur d'eau sous pression ne s'élevait plus du condensateur. Sur l'écran de contrôle, toutes les aiguilles, vaincues elles aussi, étaient couchées sur le zéro.

Le puits géothermique avait rendu les armes et avec lui, la précieuse chaleur qui alimentait tout s'était évaporée. La terre, cette nuit, avait privé ce monde fragile de ses bienfaits. Et toute la vie végétale s'en était allée.

On avait pourtant installé un groupe électrogène diesel supposé prendre le relais en cas de panne. Alvare rejoignit le fond du local, et frappa du plat de la main le fond de la cuve.

Il ne lui fallut pas longtemps pour comprendre : elle était aux trois quarts vide, elle aussi avait gelé. On ne l'avait pas remise à flot depuis deux mois : pourquoi se soucier d'un système secondaire quand tout fonctionnait si bien ?

Alvare avait tout saisi, et restait curieusement impassible face à la catastrophe. Son temps dans les serres était fini. Son monde était devenu une tombe, ses merveilleux mécanismes avaient failli, et il fallait se rendre à l'évidence :

le rêve déjà mort d'une paisible autarcie, dans le périmètre contrôlé de ses cultures hydroponiques, s'achevait ici et maintenant. Une fissure, dans une canalisation souterraine à trente ou cinquante mètres sous ses pieds, avait porté le coup de grâce.

Il avait cru en une forme de vie statique, presque végétale, rythmée par des cycles de croissance maîtrisés par lui seul. En la répétition sans heurts d'un miracle automatisé produisant du vivant.

Il en avait oublié qu'à fuir la vie, on ne pouvait trouver la paix.

Une rapide enquête fut menée. On se souvint de commentaires agressifs sur le blogue, relayant les craintes d'habitants qui voyaient s'avancer, sous les habits d'un projet communautaire, le spectre de la gentrification. Qu'ils étaient loin de la vérité... Alvare aurait pu leur montrer, lors des jours de distribution des paniers, la cohue joyeuse de la file, les poignées de main franches, les sourires des enfants de Lambert-Closse. Mais ceux qui postaient ne venaient pas, et ne se reconnaissaient pas dans l'image trop léchée de cette opération publicitaire de la Ville. On aurait pu faire mieux de cet argent : la Mission Mile End en avait besoin, les parcelles communautaires aussi. L'écran de fumée ne trompait personne, on voulait donner aux courtiers immobiliers, ces rapaces, un nouvel argument de vente, et avec eux mourrait l'esprit du quartier.

Le blogue avait même été *hacké*. L'image d'Alvare, détournée, recevait en page d'accueil une épaisse liasse de dollars des mains d'un promoteur à l'attaché-case bien rempli. Un communiqué s'affichait sous l'image.

> On nous vole le *champ des possibles* !
>
> On vous achète à coup de fraises et de laitues !
>
> Ne vous y trompez pas : la Ville et le Consortium Ville verte font du *greenwashing*. Les promoteurs sont déjà dans leurs poches !
>
> À quand le champ des condos aux prix impossibles ???

Mais aucun projet d'acte malveillant ne put être établi. Victor témoigna des inquiétantes variations de pression constatées dans le puits géothermique. On mit le non-remplissage de la cuve de fioul sur le compte d'une coupable négligence : un malheureux stagiaire aurait mal rempli sous Excel le planning de maintenance des systèmes de secours...

La sonde envoyée dans le conduit central, sous le local technique, descendit lentement à dix, vingt puis trente mètres sous la ville, et sur l'écran de contrôle de Victor, on vit distinctement apparaître une fissure béante. Le projet *champ des possibles* était gelé jusqu'à nouvel ordre.

II

Le récent engouement mondial pour cette terre hostile, battue par les vents et perdue entre deux continents avait du bon : il pourrait voler sans escale de Montréal à Reykjavík. À l'aéroport international Pierre-Elliott-Trudeau, l'architecture fatiguée, ses baies vitrées sans âme, ses codes couleurs criards supposés réveiller chez le futur passager une envie de consommer éteinte par la perspective du vol, tout, en somme, mettait Alvare dans un état atone, entre veille hallucinée et sommeil éveillé. Il avait machinalement enregistré ses bagages, répondant d'un simple hochement de tête à l'hôtesse au sol de Wow Airlines qui lui souhaitait avec un enthousiasme non feint un excellent premier séjour en Islande.

Il n'y avait pas un mois que les serres avaient gelé, puis très vite pourri avec le dégel. Lorsque Alvare y avait de nouveau pénétré, quelques jours après sa funeste découverte, les paniers vides de ses habitués l'attendaient, posés devant l'entrée du sas. Sur certains, des enfants du quartier avaient collé des dessins, ornés de quelques mots tracés d'une main maladroite. Toutes les couleurs de la serre étaient là, on en voyait la splendeur fragile et maintenant disparue. Ils avaient dessiné l'hiver, la neige, le vent, et cette mince barrière translucide à l'abri de laquelle la vie s'était un temps épanouie. Il y soignait, coupait, récoltait, étrange pantin bienveillant à l'éternel sourire enfantin. Sur l'un deux, signé Amir, École Lambert-Closse, 2e année, un vent fantôme menaçait les plantes rivées à leurs tubes, incapables de fuir.

Accroupi devant ces boîtes empilées, Alvare n'avait pas vu que quelques habitués du champ l'avaient rejoint. Les mines graves et les gestes sobres qui accompagnèrent leurs mots simples disaient leur tristesse face au fiasco, la peine de voir que tout pouvait ainsi si vite disparaître. On s'enquérait aussi de lui : « Et maintenant, pour toi, Alvare, il se passe quoi ? » Il fallait rester, rebâtir, l'idée était trop belle pour mourir. Il s'entendit les remercier, leur dire que oui, on ferait quelque chose de neuf ici, sans trop savoir de quoi il parlait, sans savoir s'il en serait. La belle énergie de l'utopie était encore là, chez ces quelques citoyens témoins d'un échec, mais qui pensaient déjà à l'après. Le *champ des possibles* s'était de nouveau restreint, il ne restait qu'à le réinventer.

Alvare prit congé de ces précieux alliés, et franchit le sas. À l'intérieur, une odeur entêtante enveloppait tout. Elle n'avait plus rien de naturel : les tiges maintenant flasques enlaçaient les tubes de PVC maculés de coulées, les racines se dissolvaient dans la solution qui jadis les avait nourries, et le tout rendait un parfum d'une puissante amertume. Sur les fraises aux joues creuses gagnaient par contagion des taches d'un triste vert marron. Les tomates faisaient ployer leurs plants ou avaient roulé au hasard sur le sol, et le spectacle des laitues aplaties sur leur socle était d'un pathétique achevé. Il n'y avait plus rien ici de la vie fière qui défiait le temps et les éléments. Tout disait l'échec lamentable d'un projet au final trop fragile.

Alvare supervisa le démontage de ce qui pouvait être sauvé, et à mesure que les deux enveloppes de verre se vidaient, toute énergie l'avait très vite quitté. Sa vie montréalaise, pourtant si neuve, se désassemblait ici. On la chargeait à l'arrière de trente tonnes qui l'allaient disperser aux quatre coins de la province, et lui demeurait là, entre tubes et sondes, à diriger ce triste jeu de démolition. Les plants arrachés avaient été jetés en désordre, en tas bientôt détrempés par la pluie : une petite chenillette à godet les chargeait avec ferveur avant de les déverser dans une benne. Ils retourneraient à la terre : on en ferait du compost qu'on distribuerait ensuite aux jardins communautaires environnants.

Alvare avait été surpris : en trois jours, il ne restait plus de son beau lieu rêvé que ses contours. Deux serres vides sur leurs dalles bétonnées, bardées de bois pour décourager les casseurs, et bientôt taguées de noir.

Liberté pour le champ des possibles !

Mais de quoi l'avait-on libéré ? De quelle occupation, de quel sinistre projet ? Lui n'avait voulu qu'un modeste refuge, à l'écart, pour se cacher un moment de la vie. Il lui fallait maintenant se replier ailleurs, mais où ? Dans les bras de son fauteuil de velours bleu, Alvare avait longtemps laissé résonner ces questions, l'esprit vide, l'œil perdu au plafond.

Il aurait voulu qu'une volonté se manifeste en lui et lui dise où aller, quoi y faire et qu'y vivre. Lorsque l'écran de son iPhone s'éclaira, il lut à voix basse, sans bien comprendre :

De : Darcheville.
Projet Cubique, Flúðirfjörður, Islande

Alvare,

Je conçois et partage la légitime déception qui doit vous habiter à présent : ce projet était le vôtre tout autant que le mien, et le voilà anéanti alors même qu'il allait - sans jeu de mots - porter ses fruits.

J'ai apprécié votre courage et votre professionnalisme dans la conduite du démantèlement des serres. Il me fait dire que je n'ai en plaçant ma confiance en vous pas fait d'erreur, et je souhaite vous renouveler mon soutien en vous faisant une nouvelle proposition.

Je pourrais sans doute vous réaffecter ailleurs au Canada, mais votre visa étant lié au défunt projet, les démarches prendraient un temps certain, et un brillant cerveau tel que vous pense sûrement déjà à la suite.

Vous l'avez compris à l'intitulé de ce courriel : il s'agirait si vous l'acceptez de suivre en Islande une expérimentation qui me paraît tout à fait digne d'intérêt. Elle conjugue à la fois la reconversion d'un ancien site industriel (une pêcherie), l'utilisation - maîtrisée - de la géothermie et un projet d'agriculture très innovant, sous la forme d'une ferme cubique. Je ne vous fais pas l'offense de vous expliquer à quoi tient ce nouveau concept tout à fait transposable dans nos villes. Vous trouverez toutes les informations nécessaires dans le fichier PDF ci-joint.

Le Projet Cubique suppose donc, aux mêmes conditions salariales qu'ici, mais indexées sur le coût élevé de la vie en Islande – d'aller suivre pour une période de trois à six mois le fonctionnement de cette structure, qui existe depuis 2014 et s'avère fort prometteuse. Votre prise de poste aurait lieu incessamment à Flúðirfjörður, au sud-est de l'île.

J'aurais besoin de votre réponse assez vite, c'est une opportunité à saisir pour un homme de

votre talent et de vos compétences.

Dans l'attente d'une réponse que j'espère positive,

Bien à vous,

Richard Darcheville,

Président fondateur/CEO and founder

Consortium Ville Verte/Green City consortium

L'offre de Darcheville signait l'acte de décès de sa trop brève vie montréalaise. Il n'avait pas vécu un an ici. Trop peu pour saisir les contours de cette ville composite. Trop peu pour y créer ces rituels dont l'acte d'habiter se nourrit. Sa carte mentale de Montréal restait incomplète, limitée qu'elle était à de rares incursions hors de ses trajets quotidiens. Le Mont-Royal, le fleuve et ses îles, le Mile End : ses repères étaient ceux d'un touriste, et il manquait de souvenirs pour peupler la ville de ces réminiscences qui nous ancrent à un lieu. Il n'était, en cela, pas différent des Louis et Amélie dont il s'était gaussé : la job cool à Montréal, c'était pour ça qu'il avait signé. Son passage ici avait eu la durée de vie d'un visa fermé, et il partirait sans rien avoir compris du Québec.

Darcheville, il l'avait bien saisi, imposait plus qu'il ne proposait : l'Islande ou la porte, l'alternative était claire. Le Consortium, s'il avait demandé à rester, n'aurait eu qu'à arguer de nébuleuses difficultés administratives pour transformer son contrat *lié à un défunt projet*. Alvare le savait, et ce fut avec la cordialité feinte dont il s'était fait un art qu'il accepta *pour honorer la confiance qui lui était faite, cet excitant et innovant défi.*

Dès lors, il avait senti sa perception du temps changer : les heures passées à Montréal ne s'additionnaient plus, elles tiraient à leur fin, et le compte à rebours avait déjà commencé. Dans le désœuvrement qui précédait son départ, un lieu, étrangement, se rappela à lui. Il fallait lui faire l'hommage d'une dernière visite.

Au restaurant-école de l'ITHQ il n'était venu, semaine après semaine, ni pour la table, ni pour la qualité du service, pourtant honorables. C'était pour jouer son rôle dans la tragicomique saynète qui se donnait à l'heure du déjeuner qu'il s'était si souvent assis seul, lorsqu'elle était libre, à une table dressée pour deux le long des baies vitrées. Rien dans le décor ne révélait le caractère factice de l'expérience : on l'avait imaginé aux standards d'un restaurant design – bois, verre, linge de table blanc en lin – sans âme, mais d'une neutralité qui ne lui déplaisait pas.

Et pourtant, dès l'accueil, au seuil du parquet à chevrons trop ciré, il entrait dans un univers parallèle dont il était à la fois juge et cobaye. Un élève de l'école, trop jeune pour affecter le respect poli mais distant attendu d'un maître d'hôtel, s'enquerrait de ses desideratas. *Monsieur souhaitait-il déjeuner au bar ? Attendait-il quelqu'un ?* À bonne distance, un responsable de salle affectait ne rien voir ni entendre, mais sa posture un peu raide trahissait une attention aiguë au moindre travers d'une de ses inexpérimentées recrues.

Entrée-plat-dessert : 29 $. C'est ainsi qu'une de ses collègues agronome lui avait vendu cette expérience de restaurant gastronomique à bas coût. Lorsqu'il arriva pour ce dernier déjeuner, la salle était encore bien vide, et c'est à sa table favorite, en coin, sur la rue, que le jeune élève le mena, carte en main pressée obliquement sur le cœur. On viendrait sous peu s'occuper de sa commande.

De temps en temps, le ballet bien réglé des plats servis et tables desservies se grippait, et c'est alors qu'Alvare s'absorbait dans le spectacle étrange d'une machine qui persistait à tourner à vide, mais s'emballait peu à peu. Le jeune commis qui usait du ramasse-miettes, une main dans le dos, à la table d'en face, n'en avait visiblement pas compris le fonctionnement : chaque mouvement circulaire envoyait son précieux butin au pied des chaises, et sans se troubler, il le poussait du pied sous la table.

Une table plus loin, la liste des spéciaux du jour – *Suprême de pintade, oignons Vidalia, pleurote érigé, rabiole, radis, chou frisé, Gigue de cerf de Boileau, sauce au tamarin...* – d'abord débitée avec assurance, s'était interrompue dans un sourire crispé, et le cerbère avait dû l'achever en congédiant d'une main douce mais ferme la fautive partie d'un pas chancelant. La scène l'avait ému : l'échec, cette petite défaite du quotidien qui ébranlait l'allure déjà hésitante de la jeune serveuse – *Est-ce que je vais valider mon module 4 ? J'peux pas le couler* – son chignon strict et sa tête abattue, tout disait la fragilité de cet âge où un rien est sérieux, irrémédiable même.

Alvare regardait ces jeunes gens bien mis, tout à l'apprentissage d'un ballet codifié dont il ne fallait pas dévier. La beauté triste de cette chorégraphie imparfaite le frappa. Voilà bien notre vie, nous sommes braves, nous faisons ce que nous avons à faire, avec courage sinon envie. Et nous y trouvons du sens. Dans la répétition des gestes, dans la succession des jours, dans cette docilité qui nous pousse doucement de l'avant. La pièce de théâtre se joue dans une serre, dans la rue, dans les bureaux. C'est le mouvement perpétuel, c'est l'habitude répétée, c'est la victoire du simulacre...

Lorsque Linda, dont le nom s'affichait sur une veste de tailleur grise, s'avança vers lui, elle s'interrompit avant de croiser son regard. Quand on servait un client seul, il fallait prendre garde au respect de sa sphère personnelle, et s'y inviter au moment opportun, sans le surprendre. Elle attendit donc un instant qu'il remarque sa présence, puis lui demanda avec un sourire discret s'il était prêt.

Sa commande passée - *Saumon mariné au thé du Labrador, Flanc de porc croustillant du Rang 4, il verrait ensuite pour le dessert* - elle sut très vite qu'il l'avait reconnue. Elle l'avait déjà servi ici même, par deux fois. Elle était portugaise, ils avaient échangé quelques mots avant qu'on ne fasse comprendre à la jeune femme qu'elle n'était pas là pour socialiser avec les clients mâles déjeunant seuls. Cette fois-ci, entrée et plat principal achevés, il attendit de commander son dessert pour engager la conversation.

— Alors, Linda, vous travaillez toujours ici ? Je ne pensais plus vous y voir.

Les mains croisées, légèrement penchée vers lui, elle lui adressa un franc sourire.

— J'ai terminé mon cycle d'études, je seconde les superviseurs, maintenant. Je sers mais c'est moi qui surveille, désormais !

Elle aurait voulu lui dire qu'elle l'avait revu dans le métro quelques semaines auparavant, lui demander s'il l'avait alors reconnue. Mais les mots ne lui vinrent pas.

— *Parabéns ! Estou muito feliz por si !*

Son portugais sonnait presque faux, mais l'attention la toucha. Il fallait qu'elle le quitte, la conversation ne pouvait se prolonger.

— Merci, et bonne continuation à vous, monsieur. Votre dessert arrivera sous peu.

— À bientôt, Linda.

Il s'était senti bête en prenant ainsi congé. Il aurait pu dire : *Je quitte Montréal, je vous souhaite le meilleur.*

À bientôt semblait plus simple. À bientôt, Linda, la semaine prochaine, peut-être.

Mais non, il partait. Il allait jouer ailleurs un rôle qui lui était pour l'heure inconnu. Un collègue fraîchement débarqué avait avec enthousiasme accueilli sa proposition de reprendre son logement. Il s'occuperait de l'aquarium, profiterait de la bibliothèque, vivrait la vie qu'il avait vécue ici. Le remplacerait, en un mot, se glisserait dans un univers qui deviendrait très vite le sien. Et ses traces - les faibles amitiés à peine nouées, le faux blogue, les images - disparaîtraient en quelques semaines. Comme s'il n'avait jamais vécu ici. Comme si l'errance et la dissolution reprenaient leur cours.

5h10 : c'était un vol bien court pour changer de vie. De quoi lire sans négliger une ligne *Le Devoir* et *La Presse*, en souvenir de son quotidien montréalais. Puis il y avait eu cette étrange gymnastique : manger dans l'espace réduit du plateau des aliments sans saveur, ne pas renverser son café sur le voisin somnolent, collecter ses déchets dans la tasse maintenant vide, tendre d'un bras ankylosé le plateau à l'hôtesse, en n'oubliant pas de sourire. Et le film, sur un écran plus miniature encore que le plateau. Son rendu inaudible par la soufflerie des réacteurs, version expurgée – *This film has been modified from its original version. It has been formatted to fit this screen and edited for content* – les mots *bomb* ou *terror* coupés de la bande-son.

Lorsque le capitaine avait annoncé l'amorce de la descente, Alvare commençait à peine à s'ennuyer. Il avait par courtoisie répondu aux questions de son voisin maintenant éveillé, qui partait randonner seul dans les hautes terres islandaises, mais la conversation s'était vite tarie. Il se pencha vers le hublot pour découvrir une péninsule dénudée, marquée telle une peau d'éléphant de longues ridules entrecroisées, ponctuée d'austères cratères et de lacs aux couleurs impossibles. On descendait donc sur

Reykjanes, la pointe sud-ouest de l'île, qu'il pensait explorer avant de rejoindre son poste.

Pas un arbre... À mesure que l'appareil, par paliers, se rapprochait du sol, il comprit qu'il rejoignait un monde minéral, une Terre en formation, inachevée, où le feu et la roche régnaient encore en maîtres. La péninsule avait à peine refroidi, et les fumerolles aperçues du hublot laissaient deviner que sous elle, la puissance intacte d'un magma visqueux pouvait à tout moment ressurgir. Il eut l'impression d'atterrir sur un sol mouvant et instable lorsque les roues de l'appareil rebondirent sur la piste.

Au-delà, on ne devinait rien qu'une plaine volcanique rugueuse, ornée par endroits d'une étrange mousse presque phosphorescente. Comme un immense chantier naturel où les forces les plus élémentaires travaillaient et modelaient un paysage toujours changeant. Dans le taxi qui filait vers Reykjavík, à une demi-heure de là, et dont le chauffeur mutique invitait peu à la conversation, Alvare regarda défiler les champs de lave noircie, les crevasses, les eaux bleu intense d'un lagon volcanique, puis la banlieue pavillonnaire et le centre assoupi de la ville.

Il abandonna très vite la suite junior de l'Hôtel 101. Dans le hall relié au bar, on croisait une foule souvent jeune, excitée de se trouver dans ce bout du monde à la mode, où il fallait avoir mis les pieds pour alimenter ensuite réseaux sociaux et conversations d'amphi ou de bureau. Quelques randonneurs goûtaient un peu plus que les autres leur retour à la civilisation : ils allaient pouvoir fuir le brouillard printanier qui les avait, disaient-ils, privés des sublimes paysages promis aux courageux, mais le bar et les spas effaceraient bien vite leur déception, et ils rentreraient heureux, se promettant de revenir l'an prochain. Pour d'autres, deux nuits dans les clubs et un bain silicé au Blue Lagoon, sur le chemin de l'aéroport, suffiraient bien : ils ne manqueraient pas, au péril de leurs cellulaires malmenés, d'immortaliser leur folie passagère en un festival de selfies.

Sorti sur Laugavegur, modeste artère centrale de la ville, Alvare suivit le flot de touristes qui cheminaient vers le port. Les vêtements tech – il fallait bien ça pour affronter la fantasque météo islandaise au sortir des bus climatisés – bariolaient la ville encore parsemée de quelques bancs de neige sale. Une flottille de pickups montés sur pneus géants vantaient sur leurs flancs les beautés du Golden Circle. Il pensa au Triangle d'Or, à ses fumeries d'opium et jungles sans merci. Point de péril dans le Cercle d'Or, mais la promesse de geysers fumants et de chutes d'eau aux noms épiques – Geysir, Goðafoss, Gullfoss...

Dans les restaurants du centre-ville, on tentait le chaland à coups d'exotisme culinaire : les œufs étaient de macareux, les steaks de baleine, et après le *hákarl*, un cul sec de *brennivin* ferait disparaître l'âcre puanteur ammoniée du requin fermenté. Alvare décida que l'aventure pouvait prendre d'autres chemins que celui de son assiette, et c'est devant un morceau immaculé de morue islandaise, à l'orée du port, qu'il s'arrêta un moment. Deux vieux baleiniers rouillés partageaient une tranquille retraite sur le quai, flanqués de navires d'excursion ornés de cétacés figés en plein vol. *Ça arrive, pas tous les jours, mais ça arrive, ils « breachent »*, lui avait dit le serveur dans un anglais parfait. Ils rompaient la surface par jeu, ou pour se débarrasser de leurs parasites, on ne savait pas très bien. Il fallait essayer, c'était une belle excursion, tout le monde la faisait à Reykjavík, Húsavík ou ailleurs sur la côte.

Plus loin, au-delà du quai touristique, s'étendaient le port de pêche et le chantier naval. Les cales sèches révélaient la coque ventrue des chalutiers qui parcouraient la côte. Hérissés de sonars et radars, armés de puissants treuils, cachant dans leurs flancs d'immenses cales réfrigérées, ils allaient à la rencontre des bancs de morues venues frayer dans la limite des eaux territoriales. En voyant la pêcherie qui dominait la forêt de mâts aujourd'hui immobiles, il pensa à Flúðirfjörður, au projet, à la Ferme cubique. Il se sentit libre, neuf, impatient. Il partirait demain.

On ne l'attendait que dans deux jours, à cinq cent trois kilomètres de là selon le GPS. Flúðirfjörður se rejoignait par la R1, qui faisait le tour du pays. Il suivrait la côte Sud, dans le sens opposé des aiguilles d'une montre, après un détour par Reykjanes et l'intérieur des terres. Sur l'écran de son iPhone, de rares chemins quittaient la route circulaire qui seule permettait de boucler un tour d'Islande. Il les voyait se perdre au pied d'immenses glaciers ou, ayant atteint la mer, s'évanouir sans mener au moindre hameau ou village. Déjà, des panneaux sur fond jaune sermonnaient le touriste imprudent : F road. 4X4 Only. Can be impassable. No winter service. Information tel 1777. À l'agence de *leasing*, on l'avait averti : on ne comptait plus les histoires tragiques ou cocasses de voyageurs épuisés trouvés au bord d'une route ou coincés deux jours au beau milieu d'un gué.

— Je ferai attention, je sais où je vais, on m'attend.

— C'est ce qu'ils disent tous... *Stay safe*. Bon voyage, lui avait-on répliqué en lui tendant les clefs.

Et de fait, à chaque intersection, Alvare tournait la tête jusqu'à se tordre le cou : qu'y avait-il au bout de ce chemin pierreux, à la sortie de Hvolsvöllur, ville sans âme dont un groupe de touristes âgés photographiait le panneau ? Il commençait à comprendre pourquoi on prenait d'assaut ce bout de terre entre deux continents. Les paysages islandais jouaient à troubler ses repères. Trop de formes inconnues, trop de couleurs hors du spectre, trop de combinaisons cabalistiques d'eau, de glace et de roches. Un peu plus tôt, il s'était arrêté avec les foules du Cercle d'Or à Geysir, et le spectacle de ces païens en Goretex attendant la saillie du puissant Strokkur l'avait malgré lui saisi. On voyait ici la Terre dans sa bouillonnante jeunesse, nerveuse, tremblante, jaillissante. Il était remonté en hâte dans sa voiture. Il voulait en voir plus.

Il roulait maintenant dans le sandur. Un désert, une plaine alluviale née des moraines poussées par les monumentaux glaciers d'Islande. Un vent de sable noir balayait les flancs de la Toyota, qui crépitaient sous ses assauts. Il avait fermé fenêtres et clapets d'aération, tant la poussière gagnait tout, et peinait à maintenir son cap dans le flou mouvant entrecoupé de battements d'essuie-glace. La voiture louvoyait, comme ivre, et il se sentait pris d'une joie irraisonnée.

Il était seul, il n'était nulle part, il avançait à vive allure sur une route qui s'effaçait sous lui, et tout devenait possible, comme si les éléments ici assemblés l'allégeaient de toute mémoire, le purifiaient en le traversant. Il était enfin loin.

Le petit 4x4, débarrassé de toute pesanteur, fendait les vagues de sable qui se recomposaient aussitôt sous les feux des phares. Tout était en mouvement. Le compteur marquait 110 : il eut envie d'accélérer encore. Il aurait voulu ne jamais sortir de cette tempête de mars.

Un pont le rappela à la réalité du monde. Toute la caisse vibra sur ses grilles métalliques. Il entraperçut le reflet argenté des eaux qu'il traversait, seule nuance dans le monochrome noir du sandur. Le vent tomba, il leva le pied, découvrit le dédale de rivières serpentines qui filaient au loin vers une mer invisible. Une brume myope faseyait sur l'horizon et le troublait.

Il crut apercevoir la silhouette d'une île, sans savoir si ses yeux fatigués inventaient une vision fantastique pour le tenter. Il freina encore, rejoignit le premier chemin aperçu à sa droite et sortit dans le bruissement des eaux. Il était encore tôt, il voulait faire l'expérience du paysage et de son échelle, mais en marchant : il rejoindrait la mer à pied.

Le chemin surmontait une digue, qui devait en cas d'éruption sous un glacier canaliser les flots boueux jusqu'à leur destination maritime. Elle filait droit, anomalie rectiligne dans un monde courbe où eaux et roches s'affrontaient, se détournaient, s'entrelaçaient. Alvare commença à marcher en s'enfonçant dans le sable volcanique. Ses appuis fuyaient sous lui et le ralentissaient. La mer, au bout, reculait au fil de ses pas. Elle ne voulait pas qu'il l'atteigne, pas encore, pas avant qu'il ait fait l'expérience de sa petitesse et de sa solitude. Il se retourna vers la voiture, point déjà perdu dans l'immensité noire. Il avança dix, quinze minutes peut-être, sans voir le bout de la digue, et la brume fit disparaître jusqu'au souvenir de cette mer et de cette île qu'il pensait avoir vues.

Il fit un tour sur lui-même. Dans le labyrinthe traversé par cette seule ligne droite, il était à équidistance de tout, au point zéro. Il sentit, dans cet état d'équilibre, que tout était de nouveau possible. Il était vide, léger, prêt à se couler dans ce monde neuf et pur.

Revenu dans le silence de l'habitacle, il ralluma l'écran GPS de son portable et chercha du doigt, plus loin, le bout de la digue : la mer était bien là, à vingt kilomètres environ, et au large de la côte se dressaient les îles Vestmannaeyjar.

Il roula encore longtemps. Le jour commençait à tomber, et il décida que la banquette rabattue du 4x4 ferait un lit tout à fait acceptable. Il voulait le silence d'un parking désert, l'espoir d'une aurore boréale au son d'une mauvaise radio FM.

Les derniers bus quittaient Jökulsárlón, lagon glaciaire starifié par tous les guides touristiques. Un étrange engin amphibie, dont les roues crantées découpaient la coque jaune, se mettait une dernière fois à l'eau par la rampe aménagée. À son bord, en combinaison intégrale de marin, quelques touristes scrutaient les icebergs miniatures produits par le glacier et prisonniers de ce lac circulaire qui les verrait fondre, se retourner puis disparaître.

Alvare s'assit au bord de l'eau. On n'était guère loin du cercle polaire, mais le spectacle de cette mini-croisière arctique dans un bateau douze places lui rappela de lointains tours de pédalo l'été, en Algarve. Une guide debout – natte stricte, discours au débit bien rodé – expliquait mégaphone en main le cycle de vie de ces modestes géants qui feraient bien illusion, agrandis sur un mur de salon, à Londres ou à Zurich. Les plus fortunés préféraient à l'amphibie trop grégaire un zodiac, pour aborder en pionniers ces pans de banquise improvisés.

Insensibles à l'invasion, ou y voyant peut-être comme lui une amusante distraction, deux phoques gris surfaient sur le dos le puissant courant du goulet qui libérait les eaux vers la mer. Les blocs de glace s'en approchaient, mais sans jamais l'atteindre, arrêtés par le fond rocheux qui stoppait net leur masse. Ils s'effritaient puis se perdaient au loin dans le sandur.

Le tour en bateau touchait déjà à sa fin, les zodiacs regagnaient leur quai particulier. On empila les combinaisons dans des caisses, Alvare se mêla à la maigre file tentée comme lui par les piteux hot-dogs de la buvette, qui ferma bientôt boutique. Un peu plus loin, une tente deux places fut dressée et, la nuit tombée, assis sur le capot, Alvare regarda un moment les deux silhouettes abritées par le frêle dôme orange. La lumière faiblit, l'aurore attendue ne vint pas, mais il n'en éprouva aucune déception. Il s'endormit, tête renversée vers la voûte étoilée sous le toit vitré du 4x4, au son criblé de statique de Suðurland FM, 96,3.

Toujours pas un arbre... Mal réveillé par le café américain de la buvette, Alvare peinait à recouvrer ses esprits, et seule cette étrange absence le frappait sur la R1, déserte en ce piquant matin de mars. L'air frais par la fenêtre entrouverte et son sifflement à l'avant de l'habitacle lui faisaient le plus grand bien. Il regardait défiler les kilomètres sur le compteur digital, le réservoir était plein, et il arriverait selon l'estimation du GPS dans moins de deux heures à Flúðirfjörður. Le point final de son périple se rapprochait peu à peu, à mesure que la ligne orange qui l'en séparait sur l'écran se contractait. Il quitterait bientôt, après Höfn, la route circulaire pour la Suðurfjarðavegur, la 96 qui épousait les fjords de l'Est.

Peu de vie dans ces paysages qui lui apparaissaient soudain dans leur austérité. En guise de forêt, la maison de maîtres d'une ferme isolée affichait fièrement sa haie de thuyas taillés au cordeau. Ils paraissaient bien fragiles, presque anémiques ou conscients de leur complète incongruité dans ce bout du monde minéral. Qui emporterait ceux qu'un hiver de glace et de vents violents n'avait pas abattus ? Un été trop sec ? Un brusque retour du froid ? Leurs pieds aux aiguilles jaunies laissaient augurer d'une fin prochaine, mais dans ce pays obstiné, on replanterait sans doute dès le printemps prochain, après la fin supposée des tempêtes hivernales.

Accrochés au flanc d'une montagne ravinée par les eaux, une collection de mini-chalets d'une pièce proposait aux touristes un séjour rustique et authentique en *cottage*. Alvare aperçut quelques mines chiffonnées émergeant d'une polaire sur le porche miniature de ces maisons naines posées à même le sol. La file matinale, devant les douches extérieures en préfabriqué, faisait déjà le tour du bloc. Un groupe de cyclotouristes s'apprêtait à repartir, masques ou foulards sur la bouche, pour braver la fine poussière de sable davantage que le froid. Il ralentit à leur hauteur et se demanda s'ils boucleraient le *Spring Iceland Tour* plastronné sur leurs camisoles de coureurs.

Après Höfn, dont il ne vit qu'un *fish and chips* posé au bord d'un golf avec vue sur glacier, la 96 se mit à louvoyer au plus près de la côte, au fil des longues fissures creusées par les fjords dans les terres. Il en compta deux avant Breiðdalsvík, où prenant l'air sur le quai, il sentit que la fin de sa route n'était pas loin.

Après un plateau encore enneigé fendu par le noir de l'asphalte, une vue plongeante lui révéla non une ville, mais un bourg sis sur une langue de terre avançant vers la mer. Pour le rejoindre, une longue jetée traversait le large estuaire d'une rivière qui roulait avec fracas des montagnes. Il lut sur l'écran du GPS *Laxá*, la rivière à saumons. Une voix féminine lui annonça bientôt, alors qu'il s'engageait au pas sur la rue principale : *You have reached your final destination.* Il était à Flúðirfjörður, la Baie des Rapides.

Plus que le peu d'habitations éparpillées sur cette manière de péninsule, ce fut la majesté du décor qui le frappa lorsque descendu sur le port, il parcourut le panorama d'un long regard circulaire. Le fjord s'ouvrait largement vers la mer, et ses flancs creusés par un glacier disparu formaient deux chaînes aux pentes d'abord douces puis abruptes, presque verticales, couronnées de hautes plaines balayées par les vents. Aussi loin que portait le regard, d'innombrables ruisseaux ridaient les faces de ces parois modelées par les forces combinées de la glace et des eaux. On distinguait aussi le panache des chutes d'eau qui fendaient la roche par endroits, et troublaient avec fracas les flots placides de la baie.

Le village avait choisi de tracer ses quelques rues hors de l'ombre de ces masses austères qui le dominaient, et semblait tout entier tendre vers l'eau. La baie, aujourd'hui, se calmait en se mêlant à la mer, car aucun vent ne venait du large. Tout était calme, et Alvare n'avait pour l'heure pas vu ou deviné la moindre présence humaine.

Il allait donc vivre là, dans cette vallée isolée, reliée au monde par une modeste route souvent condamnée et par le ferry hebdomadaire qui y faisait fidèlement escale. C'était un univers en réduction, loin de tout, ouvert sur les flots, cerné de sommets. Il s'y sentait déjà bien, pris d'une douce fatigue ouatée, comme lorsqu'il redescendait, jambes légères, tête vide, de ses virées d'herboriste.

Assis les bras ballants au bout du quai rouillé, il ne vit pas tout de suite qu'un jeune homme, arrivé de la rue principale, s'était accroupi auprès de lui. Ásgeir attendait qu'il soit sorti de ses songes : on n'interrompait pas un homme qui rêve ici, on patientait. Lorsqu'il sentit que sa présence avait été remarquée, il risqua doucement :

— *Sorry, mate, but are you Alvare by any chance ?*

Mate : Ásgeir avait gardé de son année d'échange à Bristol cette habitude d'aborder ainsi tout étranger non islandais. Alvare reconnut à peine son nom dans la bouche d'Ásgeir mais acquiesça, et sut ainsi que son anonymat, à Flúðirfjörður, serait tout relatif. On disait déjà, en ville, que le touriste égaré sur le port n'en était pas un, mais venait observer la fierté locale du bourg, Teningur bænum, la Ferme cubique. L'ingénieur de production local avait été dépêché pour l'aborder et l'accueillir.

— Ásgeir, enchanté. Je crois qu'on va bosser ensemble.

Il n'avait pas tendu la main en parlant, se contentant d'un très neutre hochement de tête à son endroit. Alvare avait répondu de même, sans s'étonner de cet usage qui lui disait qu'il était ailleurs.

— On se balade ? Je te montre le coin avant qu'on t'installe ? On a le temps, t'étais pas attendu avant demain.

Il accepta l'invitation, et Ásgeir pointa du doigt un hangar anonyme qu'ornaient deux grandes lettres vertes peintes : T B. Sans plus d'explication, il se lança dans un récit sans doute préparé pour les visiteurs curieux qui s'arrêtaient ici avant de rejoindre la 96 puis la R1.

Alvare savait peut-être l'importance de la morue dans le roman national islandais. Le Þorskur avait fait la fortune des pêcheries locales, et donné son surnom, maintenant tombé en désuétude, à Flúðirfjörður : Þorskurbaerinn, la ville de la morue. Alvare pensa au *bacalhau* portugais, l'emblème vital de sa patrie, mais n'osa interrompre son hôte, qui se souciait assez peu des réactions de son auditoire. Seulement, comme le fit remarquer Ásgeir :

— Où sont passés les bateaux de pêche ?

Parcourant du regard les quais aux dimensions pourtant généreuses, on ne comptait, en effet, qu'une très modeste flotte amarrée là, comme désoeuvrée. Au loin, aucun trafic n'indiquait que les marins étaient sortis en mer, et lorsque Alvare suggéra que telle était peut-être l'explication, il n'eut pour réponse qu'un nouveau hochement de tête, différent, celui-ci : non, il se trompait.

Il fallait une carte de l'Islande pour comprendre la grandeur et décadence de ce fjord de l'Est. Les bancs de morue tournaient d'abord *clockwise* autour de l'île, après avoir quitté les eaux froides de Terre-Neuve et du Groenland. Ásgeir s'était arrêté devant un panneau touristique à la sortie du quai et traçait du doigt sur le laminé flambant neuf le parcours des bancs, qui suivaient ceux du capelan, petit poisson-fourrage dont les Þorskur se gorgeaient. On ne le voyait pas, mais un gigantesque plateau continental entourait les rivages de l'île, sur les fonds duquel se brassaient les eaux tièdes de l'Atlantique et celles glaciales de l'Arctique. La limite des eaux libres s'en voyait repoussée loin au nord, et toute la vie marine nourrie par cette miraculeuse convergence faisait la richesse unique de ce milieu encore pur. Le plancton donnait naissance à de phénoménales quantités de harengs et autres petits poissons migrateurs, dont les bancs s'étendaient sur plusieurs kilomètres.

Ásgeir s'échauffait à son propre récit, qui se fit épique lorsqu'il évoqua les chasses féroces des voraces morues à quatre-vingts ou cent mètres de fond. Gavées, elles partaient ensuite au large de Reykjanes, sur d'immenses frayères, après un long séjour dans les fjords de l'Est. La transgression des eaux atlantiques les excitait à se reproduire, puis rester dans ces eaux devenues idéales. L'été, on les retrouvait jusqu'au nord, dont les ports s'animaient lors d'une courte saison de pêche. Elles s'égayaient aussi au large de Flúðirfjörður, qui voyait affluer les petites mains de l'industrie de la pêche. Au large, pavillons islandais, allemands, anglais, français se disputaient âprement la manne de ces riches pâtures maritimes. Une photo d'archives montrait des pêcheurs aux traits rudes, fiers d'exhiber leurs prises. À l'arrière-plan, entre les mâts qui pointaient, on apercevait la coopérative de pêche et son hall de salage. En levant les yeux sur ce décor maintenant vide, Alvare comprit cette histoire de richesse née de la mer, qui s'évanouit et laisse place au silence.

— Comment tout ça s'est terminé ?

— On sait pas trop, c'est un triste concours de circonstances.

Ásgeir évoqua 1958-1971-1975 : les trois Guerres de la Morue, les Cod Wars que l'histoire islandaise voyait comme autant d'illustrations de son farouche esprit d'indépendance. On y avait, contre les Anglais, respectables voisins devenus indésirables, contre leurs alliés belges et allemands, défendu la ressource et l'intégrité des eaux territoriales, à coup d'extension des zones de pêche : quatre milles, douze, cinquante puis deux cents.

Óðinn, Þór, *Týr*, et Ægir, les quatre patrouilleurs nationaux, avaient par trois fois défié la marine britannique et ses vingt-deux frégates, les canons à eaux des chalutiers anglais, leurs dangereux filets piégés. Þór était passé près du naufrage, heurté par L'*HMS Andromeda* dans un inédit pugilat mythologique. Mais la princesse, sûre de son fait et de son tonnage, n'était pas venue à bout du dieu tonitruant qui défendait ses eaux. Puis Óðinn, son père, avait à son tour affronté sans faillir un royal monstre naval : l'*HMS Scylla* et ses deux mille cinq cents tonnes. Deux fois plus longue que lui, la frégate l'avait d'abord toisé, promenant son arrogance de grande puissance dans des eaux territoriales sans cesse transgressées. Le dieu furieux l'avait harcelée, la poursuivant et bousculant bord à bord. *Scylla* n'avait dû son salut qu'à *Bacchante*, autre navire royal venu repousser ses assauts. Ægir, modeste géant des mers, choisit quant à lui la guérilla marine face aux immenses chaluts de l'ennemi britannique. On le provoqua en faisant cracher aux haut-parleurs de pont un insupportable *Rule, Britannia*. Sa réponse fut terrible : son arme, une ancre traînée à pleine vitesse, accrocha puis sectionna leurs câbles, envoyant par le fond leurs prises et leurs espoirs de fortune. On rompit même unilatéralement, le 19 février 1976, toute relation diplomatique avec l'ennemi : cinquante-cinq collisions, un mort de chaque côté, des tirs échangés, des coques éventrées, tout cela devait finir.

Les dieux nordiques trouvèrent en ceux de la guerre froide d'inattendus alliés : on ne pouvait imaginer, à l'Ouest, fermer la très stratégique base de Keflavík, en plein Atlantique Nord. L'Islande menaça, le nécessaire équilibre des forces joua pour elle, et les navires-héros purent regagner leurs ports d'attache. Grimsby, Fleetwood et Kingston-upon-Hull déclinèrent avec la perte de leurs droits de pêche, à mesure que Flúðirfjörður prospérait et se modernisait. Pour chaque ancien marin britannique contraint de mettre pied à terre, un Islandais vivait largement de la chair blanche et ferme de la morue, qui rejoignait les étals de l'Europe tout entière.

Jusqu'ici, c'était l'histoire d'une réussite qu'Ásgeir avait contée en marchant, tête haute, aux côtés d'un Alvare attentif, mais qui en devinait la chute. Avait-on trop pêché, grisé par l'argent facile et les financements illimités ? Sans doute. D'autres vous diraient que l'insondable alchimie des courants et des thermoclines avait détourné le capelan puis la morue des côtes islandaises : on murmurait que sur les bancs de Terre-Neuve, après avoir déserté, elle se laissait de nouveau capturer en masse...

Les navires, trop nombreux, s'habituèrent à rentrer moins chargés puis de plus en plus vides. On comprit à la mine résignée des hommes que les prises ne couvraient même plus le prix du gasoil englouti dans leur quête. On s'intéressa, avec une certaine honte au début, au hareng, qui lui n'avait pas fui les eaux claires de la côte. L'activité reprit un peu, puis la crise financière prit à la gorge les équipages endettés.

Un soir de 2009, dans le silence d'une nuit d'hiver, la ville sortit de sa torpeur sous les flammes qui jaillissaient des toits de la pêcherie. On sauva ce qu'on pouvait : la première caserne était trop loin, seuls les jets d'un bateau-pompe vinrent à bout de l'incendie et de ses noires fumées après plusieurs heures. Accident, escroquerie à l'assurance, fête de jeunes alcoolisée... On imagina tout, mais on ne sut jamais.

Des bâtiments à moitié brûlés, seul le hall de salage avait conservé toute son intégrité. Il se dressait encore là, seul – on avait vendu la plupart des bateaux, saisis par les huissiers, l'argent était parti ailleurs, et les hommes avec lui – et on le regardait à Flúðirfjörður avec la tristesse et la honte d'une ville blessée. Il fallait reconstruire, ou détruire.

Lorsque dans le hall de l'hôtel de ville, le maire, devant l'assemblée clairsemée, avait prononcé les mots *Teningur bænum*, et qu'un groupe de jeunes ingénieurs venus de la capitale avait lancé leur présentation du projet, on s'était consulté, interrogé du regard. Ásgeir s'en souvenait : il en était. C'était lui qui avait projeté la diapositive montrant le hall rénové, au bout du quai, arborant sur son flanc repeint à neuf un T B plein de modernité : à sa vue, quelques sourires s'étaient enfin esquissés. De la morue et ses fiers équipages à la laitue hors-sol... On eût pu en rire. Mais ces petits jeunes étaient sûrs de leur fait : la situation géographique de la ville, le ferry qui la reliait aux Féroes et surtout au Danemark, la proximité de Höfn, tous les fondamentaux étaient bons. Le modèle économique fonctionnait, la volonté politique était là. On vint les rencontrer, les remercier, leur serrer la main. C'était gagné, Þorskurbaerinn accueillerait la première Ferme cubique d'Islande.

Au moment de pénétrer dans le hall dont l'extérieur en tôle ne laissait rien deviner, Alvare eut un moment de recul. Il repensa à ses moments de bonheur dans la serre et à la destruction de ce lieu hors du monde, qu'il n'avait pas su préserver. La porte franchie, il s'étonna du vide qui les entourait : sous de monumentaux halogènes industriels, on ne voyait qu'une enfilade de colonnes laissées brutes. De larges baies de chargement s'ouvraient à leur droite, sous un majestueux plafond à caissons en béton précontraint : on avait voulu, au faîte de sa prospérité, faire de ce lieu névralgique un puissant symbole de réussite.

Ils avancèrent dans l'écho de leurs pas solitaires, et il ne devinait toujours rien de la ferme abritée en ces murs.

— On n'est encore qu'en phase 2, mais ça grandira un jour. Avec ton aide !

Pour la première fois, Ásgeir avait souri en prononçant ces mots. Alvare répondit sans trop savoir quoi penser de cette première marque de familiarité.

— *No worries, mate,* je m'en occupe !

Ils bifurquèrent, écartant les lourdes lames plastifiées qui les séparaient d'une ancienne chambre froide. Il y faisait plus chaud, mais sans excès, on était loin de l'air moite et doucereux d'une serre hydroponique. Ásgeir lui tendit une blouse blanche, un masque buccal puis une charlotte. Il sut, aux reflets roses qui éclairaient les murs, qu'ils approchaient enfin. La rumeur binaire d'une machine suggérait un cycle, une rotation dont il comprit tout de suite la source.

Seize quadrilatères parfaitement alignés ronronnaient en cadence. Dans un bain de lumière plus magenta que rose, laitues, kale et basilic montaient et descendaient en un mouvement calme, constant et fluide. Câbles et poulies coulissaient pour soulever les rampes creuses et les amener au plus près des diodes LED, au sommet de cet étrange treillis métallique à étages. Dans chaque cavité, à intervalles réguliers, un plant se gorgeait quelques secondes de cette puissante énergie lumineuse, puis redescendait vers le sol. Il quittait sa place au soleil, mais une autre récompense l'attendait au bout de son parcours : on allait le nourrir et l'hydrater par injection de fluides nutritifs avant qu'il ne remonte vers son astre artificiel.

Voyant Alvare compter du doigt les rangs, Ásgeir le devança :

— Mille six cent quarante laitues au mètre carré par an.

Le chiffre était magique. Alvare savait qu'une culture de plein champ produisait au mieux dix laitues par saison sur une surface équivalente. Une serre bien tenue, trois à quatre cents. Il renonça à calculer la production mensuelle du système et parcourut, muet, pris d'un étonnement presque enfantin, la travée centrale de cette sublime matrice.

On était loin du *champ des possibles*, renvoyé à un passé presque antique par ces unités de production hautes comme deux hommes, qui avec docilité et bienveillance, faisaient croître sur quinze niveaux des milliers de plants identiques. Elles n'avaient rien à cacher : leur structure mobile et ouverte, d'une géniale simplicité, tournait avec la précision d'un métier à tisser, la souplesse d'un ascenseur pneumatique. Elles fabriquaient du vivant, vingt-quatre heures sur vingt-quatre, toute l'année, en usant avec parcimonie de ressources distribuées au compte-gouttes. Cette économie de moyens confinait à l'ascèse – dix pour cent de la consommation d'eau d'une serre, lui avait glissé Asgeir, amusé par son silence – et ouvrait dans l'esprit d'Alvare des perspectives presque infinies.

S'arrêtant au centre du cube, marqué d'une croix blanche sur le sol, il ferma un instant les yeux : la soufflerie des aérations, la montée en rythme des rampes, l'écoulement des liquides aussitôt recyclés, tout s'accordait en une petite musique sereine. Il était au cœur d'une idée, celle d'un parfait microcosme reproductible à l'infini.

Chaque plante pouvait ici connaître une croissance optimale, dans un environnement dénué de toute agression. Ce n'était pas nouveau, il avait dans ses deux serres tenté de créer un tel sanctuaire. Mais tout, dans la Ferme cubique, allait plus loin. La gémellité des pousses y était poussée à l'extrême : leurs formes mêmes variaient peu, leurs tailles restaient rigoureusement identiques. Le dispositif avait généré une parfaite démocratie végétale, au sein de laquelle chaque individu recevait air, lumière et nutriments liquides dans les mêmes proportions. Tous croissaient à l'unisson d'un cycle rendu plus court par l'abondance maîtrisée de ce qui nourrissait. Quand, arrivés à maturité, les plants étaient récoltés, ils étaient éclatants de santé, produits sans défauts d'une organisation sans faille.

Alvare acquiesça en silence à l'exposé d'Ásgeir, qu'il alimentait de ses propres pensées. S'il l'avait entendu sans rien voir, pas un mot n'en aurait sonné vrai. Mais il touchait de ses doigts gantés le miracle d'une machine devenue mère nourricière. Rien, dans les technologies ici utilisées, n'était révolutionnaire, mais leur confluence avait créé une combinaison imparable, qui neutralisait nombre des aléas de la production végétale. Il se souvint de ses cours d'agronomie sur l'érosion des sols, sur les excès des traitements phytosanitaires et leurs conséquences médicales : ici, une alchimie opérait, qui se jouait de ces périls en s'en protégeant au cœur d'un environnement parfaitement contrôlé. C'était une démarche d'une éclatante simplicité : comment produire plus à partir de moins ?

Chaque goutte d'eau non absorbée était par exemple captée puis réinjectée dans le système, au point que les pertes n'excédaient jamais cinq pour cent. Les réservoirs de solution nutritive reliés au système d'injection des matrices amorçaient le système au début de chaque cycle, puis maintenaient grâce à des capteurs infrarouge les niveaux à flot. Nutriments-lumière-mouvement : cette simple trilogie résumait tout le génie du lieu, destiné à voir ses clones coloniser la planète. Usines désaffectées, entrepôts délaissés, parkings à étages abandonnés, immeubles de bureaux désertés : tous pourraient, comme cette pêcherie en déshérence, accueillir une pareille structure et revenir à la vie.

Alvare repensa à ses serres, et comprit qu'il avait ici changé de monde, de temps, de paradigme. La maison de verre, ses longues surfaces horizontales, sa vulnérabilité au climat, semblait bien désuète face au modèle cubique et ses étages, lovés au cœur d'un bâtiment protecteur, insensibles au rythme des jours et des saisons. Et son projet souterrain à Paris, si artisanal, si limité dans ses applications...

On lui montrait le futur, et c'était un triomphe. Nourrir partout, sainement et simplement. Il aperçut le reflet de sa silhouette gantée, coiffée d'un masque, dans un écran de contrôle : dans quel roman d'anticipation ce court périple islandais l'avait-il plongé ? Autour de lui, les comparses d'Ásgeir contrôlaient, ajustaient, récoltaient sans un mot, et leurs lentes silhouettes rosées émergeaient aux quatre coins de ce quadrilatère magique. Leurs bouches masquées, leurs regards tout entiers tournés vers leur tâche, donnaient à ce moment qu'Alvare vivait en témoin l'allure d'une cérémonie secrète, d'un rituel célébrant la parfaite union de la machine et du vivant.

Il voulait en être.

Laissant le nouveau venu, qui parcourait d'un pas lent tout le périmètre, Ásgeir avait fait le tour de ses troupes. Il allait leur présenter celui qui partagerait quelques mois durant leur quotidien et permettrait peut-être au projet de dépasser les frontières de l'Islande.

À la faveur d'une pause, Alvare se trouva donc entouré d'un étrange cénacle. Ils et elles ôtèrent leur combinaison de travail et il les découvrit jeunes, pour la plupart à peine sortis des études. Nordiques, c'était certain, mais avec une rudesse que leurs traits affirmés laissaient transparaître. Tous dégageaient la même présence calme, l'assurance sans afféterie du clan soudé autour d'un projet dont ils savaient l'importance.

— *Everyone.* Voici Alvare, qui nous arrive de Montréal. Vous verrez souvent sa tête dans les semaines et les mois à venir.

Ils le saluèrent, comme l'avait fait Ásgeir avant eux, avec une distance et un détachement dont il ne s'offusqua pas. Il aimait cette réserve, ce droit à l'indifférence que lui-même revendiquait et sans lequel on ne pouvait être libre de penser et d'exister. Le tout s'était fait en silence. Il répondit aux poignées de main par un discret hochement de tête, et les laissa repartir au travail.

Débarrassés de leur équipement, Alvare et Ásgeir parcouraient le quai désert. La conversation menaçait de tourner court – *Oui, le projet était super, oui, il fonctionnait, non, pas de difficultés majeures jusque* là, *à part le financement* – lorsqu'ils dépassèrent un chemin de gravier noir. Au bout, une maison détachée des autres, face à la mer, à l'écart. Un panneau en indiquait la direction.

On ne pouvait pas vraiment dire de l'endroit qu'il était isolé, dans cette vaste baie où chacun pouvait prendre ses aises sans se soucier de la présence gênante d'un voisin. Ásgeir avait pensé qu'Alvare choisirait de partager avec d'autres membres du projet les commodités d'une maison commune, mais face à ses questions sur cette petite bicoque perdue à quelques dizaines de mètres de la rue principale, il comprit qu'il en serait autrement.

Elle n'avait rien qui sortit de l'ordinaire, dans ce pays où l'on bâtissait avant tout pour se protéger des éléments, selon un plan simple et immuable. Trois pièces au sol - salon, cuisine, bureau – et deux chambres à l'étage, séparées par une petite salle de bains. Un toit vert pâle en tôle, une modeste rampe menant à une porte en bois. Au-dessus du toit, un lampadaire municipal éclairait royalement l'ensemble, jusqu'à la remise séparée du corps de bâtiment par la place de parking. Elle était modeste, presque frêle, mais trônait sur un banc d'herbes hautes battues par le vent. À l'entrée du chemin, sur le panneau, on pouvait lire : Bali.

Voilà ce qui avait séduit Alvare. La maison, ou plutôt le lieu, se nommait Bali. Ici, en Islande, face à une mer toujours froide et mordante, dans une prairie ondulante fatiguée par les vents.

Ásgeir avait haussé les épaules lorsque Alvare l'avait questionné, interpellé par ce toponyme incongru. Lubie d'un Islandais voyageur – allait-il y trouver une réplique de temple balinais, une luxuriante serre tropicale, des offrandes de fleurs et de fruits au sol sur le seuil de la porte, un Ganesh ventru, peut-être ? – ou plaisanterie locale moquant la rudesse d'un climat qui faisait rêver à des contrées plus douces ? À peine amusé, Ásgeir l'avait vite tiré de ses vaines spéculations.

— Bali, un banc d'herbes hautes en islandais. Rien de plus, *mate*.

Un simple banc d'herbes hautes... Eh bien, il l'avait décidé, il vivrait sur ce fier banc d'herbes au nom d'ailleurs.

La maison, celle d'un ancien pêcheur, était vide mais habitable. Il y emménagea dès le lendemain matin.

Lui qui avait aimé, à Montréal, conserver le fauteuil de velours laissé sous une fenêtre, se trouva à Bali plongé dans un monde parallèle. Peut-être figée par les six mois d'hiver qu'elle avait vus défiler année après année, la maison avait vécu dans un temps ralenti, où les objets, immuablement rangés à la même place, emplissaient les pièces de leur présence sereine. Ils étaient là, l'avaient toujours été, et rompre cet équilibre eût tenu d'un sacrilège dont Alvare ne voulait pas se rendre coupable.

Il se glisserait dans les lieux, se ferait à leurs modestes dimensions, s'imprègnerait de leur tranquillité. Il y vivrait les yeux tournés vers la mer, au chaud, sentant autour de lui l'espace pur de la baie, ouvert et clos, libre mais rassurant.

La maison était restée dans son jus. Son ancien propriétaire, un de ces marins partis avec la fin de la flotte de pêche, mort il y a quelques années déjà, n'avait désigné aucun héritier. On ne lui connaissait pas de parents proches, et la propriété avait fini par échoir à la municipalité, qui en conservait les clefs dans le bureau du maire. Il les lui tendit et se félicita, dans un anglais anguleux mais parfait, de voir revivre ainsi un lieu de plus dans sa ville.

— Vous êtes on ne peut plus bienvenu, Alvare. On espère que vous apprécierez votre séjour parmi nous.

Abandonnant la Toyota à sa place assignée, il tourna avec émotion la clé dans la porte, un sac sur l'épaule. Elle ne grinça pas. Il trouva tout de suite le premier interrupteur, qui éclaira le petit vestibule de l'entrée. Un banc-coffre, un large paillasson, une patère à laquelle il accrocha son manteau. Posant le sac sur le banc, il s'avança lentement dans le salon ouvert sur la mer. Les vitres, léchées par les embruns, étaient troubles, et des cristaux de sel en marbraient les coins. Au loin, on devinait les moutons sur les crêtes des vagues, modestes ce jour-là. Bali, le banc d'herbes, était parcouru de brefs frissons en rafale, caressé par le vent froid descendu des plateaux. Il sifflait légèrement faux, d'une voix fatiguée, sans violence. Alvare se dit qu'à contempler ce spectacle, il ne pourrait qu'être heureux.

Assis à la table pour deux du salon – son prédécesseur ne devait pas souvent recevoir – il s'étonna une nouvelle fois de se sentir si bien dans ce lieu inconnu. Quelqu'un avait vécu ici, et bien d'autres avant lui, mais ces présences se faisaient discrètes. Pas de photos encadrées, pas d'objets fabriqués et exhibés. Des tasses, comme celle dans laquelle il buvait son premier café, dont les fêlures révélaient l'âge. Une cuisinière Norge à cinq boutons dont les résistances rougeoyaient comme au premier jour. Tout semblait prêt à revivre, et la simple odeur de café qui flottait, la buée sur la vitre de la minuscule cuisine, avaient suffi à ressusciter les lieux.

De très bienveillants fantômes, se dit Alvare, en pensant à ceux dont il prenait la place.

Et il leva sa tasse à leur santé.

D'abord, se débarrasser de ses chaussures de ville, contaminées. Enfiler les chaussons de protection après s'être glissé dans la combinaison. Puis le masque buccal et les lunettes de chantier, plus faciles à ajuster sans les gants, que l'on passera en dernier. Enfin, penser à la charlotte : on l'oublie trop souvent, on ne pense pas à protéger sa tête.

Il connaissait toutes ces procédures, mais elles revêtaient ici un autre sens. Alvare se demandait pourquoi, au premier jour, le sas franchi, plongé dans le spectre magenta des rampes LED, il avait tout de suite pensé : *entrer en religion*. Des images de prêtre au geste lent célébrant une liturgie obscure, dans l'ennui d'une église, le dimanche, lui vinrent de nouveau ce matin. Il s'entendit respirer dans son masque, et cette fois, c'est en astronaute – sons étouffés dans le casque, buée, écho de son souffle dans les oreilles – qu'il se vit. Les lunettes déformaient sa vision périphérique, et les têtes de ses jeunes collègues, déjà mangées par leur appareillage, s'étiraient en un étrange lifting facial. Le tout prenait l'allure d'un plateau de tournage futuriste, que complétaient assez bien les voyants et données du panneau de contrôle. Dominant la scène, une horloge numérique indiquait 8:03:37, point de référence bienvenu dans ce lieu sans fenêtres.

Aujourd'hui, comme tous les jours, Alvare commençait sa journée par le contrôle des constantes. Température, spectre lumineux, dosage des solutions, pH, hygrométrie, rythme de rotation des matrices : il avait tout découvert dans la bible du projet, lue et relue dans le salon de Bali. Sur la foi de ses expériences passées, on lui avait confié cette tâche subalterne, mais qui requérait une certaine vigilance. Comme dans ses serres, l'équilibre était le maître-mot, car tout changement pouvait très vite faire chanceler le système tout entier. Lire le panneau de contrôle, c'était comprendre le fonctionnement intime de la Ferme cubique, son génie économe, la perfection de ses variables. Il observait les niveaux, notait les éventuelles fluctuations, vérifiait que tout se situait dans des normes acceptables, puis transmettait son rapport à Hinrika, Ásgeir ou un autre, selon les jours.

Dans ce groupe, pas de hiérarchie, pas de bataille de titre, pas de chef décidant du sort de tous. Ils en avaient décidé ainsi. Formés à l'Institut d'Agronomie de Reykjavík, ils en étaient sortis avec le même titre qu'Alvare à Paris : ingénieurs en production végétale. Et dans leur exil commun et consenti à Flúðirfjörður, l'idée d'un parfait partage des tâches, d'une rotation constante des responsabilités leur avait semblé naturelle. Elle garantirait, pensaient-il, l'intégrité du projet. Pas de savant fou, pas de bouc-émissaire en cas de catastrophe, pas d'homme ou de femme providentiels, et personne pour confisquer le succès d'un travail d'équipe ou se dissocier de son échec.

Dès lors, l'arrivée d'Alvare avait demandé au groupe ses premiers ajustements. Que lui confier ? Que faire de lui ? Le débat avait été assez bref, car son parcours – La Ruche, à Paris, avait été une des études de cas de leur cursus – parlait pour lui. On allait, dans la rotation organisée des tâches, lui confier la plus simple, le contrôle des données. Pas de manipulation, pas de pouvoir direct sur les éléments du système, pas d'erreur potentielle. Puis on verrait.

Alvare s'était très vite signalé par la pertinence de ses observations. Il savait les livrer sans rien remettre en question, les présenter dans la logique ascétique du produire plus avec moins. Il lui était resté quelque chose de ses années parisiennes à observer les groupes se faire et se défaire, et le maître-mot, ici, était simple : contribuer sans ego.

9:07:52. Après avoir contrôlé le panneau, il procéda à une minutieuse inspection visuelle des plants. On ne pouvait entièrement s'en remettre à des listes de variables : l'œil exercé de l'ingénieur devait laisser place à celui du botaniste, qui évaluerait la vigueur de ses pensionnaires. Il observerait la forme et la taille des feuilles, leur élasticité, l'aspect général des fruits et légumes produits, puisque ceux-ci devaient être uniformément beaux.

Alvare aimait cette partie de sa tâche, qui montrait la plupart du temps la prodigieuse convergence de la science et du vivant : de la perfection des dosages et des conditions de croissance naissait celle de ces plants calibrés, presque jumeaux, se développant dans une insouciance qui lui rappelait le *champ des possibles*. Il y avait comme un vertige à parcourir ces rangées de végétaux uniformes, si parfaitement intégrés à leur matrice-mère qu'il semblait presque contre-nature de les récolter.

À la fin du cycle programmé de leur croissance, on ralentirait pourtant le rythme de rotation des rampes, on interromprait un moment l'écoulement des eaux et des nutriments, et ils seraient délicatement arrachés au monde clos de la ferme, avant d'être conditionnés puis expédiés par route ou par ferry. Une nouvelle génération issue de la nurserie prendrait place, insérée d'un geste sûr dans ces mêmes rampes qui les élèveraient sans heurts vers la chaude lumière des lampes. On réamorcerait les pompes, et les liquides porteurs de vie gorgeraient de nouveau les blanches racines et radicelles de chacun de ces plants.

À l'extrémité de chaque rampe, le plexiglas d'une fenêtre témoin laissait apparaître ce dense réseau immaculé. Alvare s'approcha, et cocha sur le questionnaire tactile de sa tablette rétroéclairée les cases correspondant à son diagnostic. Il lui fallait évaluer la densité du maillage, jauger l'état des réseaux racinaires, repérer tout brunissement ou flétrissement, synonyme de déséquilibre du pH. Mais aujourd'hui comme hier, non, rien ne venait menacer l'épanouissement programmé de cette chevelure filiforme qui puisait et transportait les nutriments vers la partie émergée de la plante.

Il répéta l'opération rang par rang, espèce par espèce, dans la rumeur rythmée des poulies. Son pas s'était inconsciemment calé sur leur mouvement fluide et cadencé, et en levant les yeux, il constata que tous, au sein de la ferme, avaient fait de même. On bougeait avec la machine, comme si s'agiter l'eût brusquée, comme si l'harmonie du lieu s'en fût trouvée altérée. Dans le strict quadrillage de cette matrice cubique, on ne se bousculait pas, et on n'interrompait que rarement sa tâche. On exerçait son sacerdoce avec le calme de celui qui se sait à sa place.

Alvare comprit, à l'inhabituel conciliabule qui réunissait Ásgeir et Hinrika, que quelque chose, ce matin, allait être différent. Chacun se dirigea vers une extrémité de la salle, et commença à prélever au hasard des rotations un spécimen de chaque plante cultivée. Avait-il failli, voulait-on s'assurer de la justesse de ses diagnostics ? C'est avec une légère inquiétude qu'il observait cette entorse à la belle routine presque monastique dont il s'était très vite fait une habitude.

À la vue des ponctions qu'opéraient leurs deux collègues, l'équipe s'était elle aussi arrêtée. Quelques hochements de tête échangés dirent à Alvare que tous savaient ce qui se préparait. On l'invita d'un geste à sortir de la salle et à suivre la procession masquée qui se dirigeait vers le laboratoire, dans l'annexe.

Ásgeir et Hinrika s'étaient déjà débarrassés de leurs masques et charlottes, et l'invitèrent à faire de même. Sur l'îlot central en laminé blanc, du mesclun, des fraises, une branche de tomates cerises, quelques pousses de soja trônaient dans des plats séparés.

— On teste les produits ! Tu seras notre cobaye ! T'inquiète pas, personne n'en est mort, ça va bien se passer.

Checke ta tablette, t'as un formulaire à remplir, je viens de te le partager.

Tous s'étaient saisi d'un fruit ou d'une feuille de salade et contemplaient leur œuvre avant de la goûter, mais lui seul devait, sur une échelle de 1 à 10, juger de sa fermeté, de sa texture, de sa saveur, de la longueur en bouche de ses arômes, ou encore du naturel de sa coloration. Il tenait d'une main une fraise, et d'une légère pression des doigts, il décida que sa fermeté était parfaite : 10. Croquant à peine la pointe du fruit à la forme sans défaut, il tenta en fermant les yeux d'en jauger la texture. Oui, après une attaque presque croquante, le fruit s'amollissait sans excès et livrait ses sucs délicats, qui parcouraient le palais. Le goût était présent, riche en arômes, sans fadeur, persistant. Mais ce n'était plus celui d'une fraise. Il venait de mordre dans un bonbon.

De l'acidité que tous les producteurs avaient tenté de combattre, il ne restait rien, pas une trace. Le sucre l'avait emporté, et le fruit, comblé par les bienfaits dont on le gratifiait, s'était laissé aller à produire une saveur inédite, un concentré à l'image de son jus, si rouge sur le laminé blanc, qu'on l'eût pris pour du sang. L'amertume, même furtive, qui rappelait que le fruit venait de la terre, avait tout simplement disparu. Cette fraise s'abandonnait tout entière à la douceur du fructose, à un degré tel qu'elle en égalait ses cousines artificielles. Alvare la contemplait, et le goût puissant de la friandise lui restait en bouche. À voir les mines de ses collègues, c'était une réussite. On avait créé le parfait fruit-plaisir.

Lui s'interrogeait sur l'expérience. Comment noter l'arôme de ce qui n'avait plus, avec son équivalent cultivé en pleine terre, qu'une lointaine parenté ? Aimait-il ce qu'il avait eu à goûter ? Sur l'écran de sa tablette, l'item saveur lui demandait un jugement de 1 à 10, mais en réalité, la seule réponse honnête eût été : autre. La plante avait fait la synthèse des nutriments dont on l'avait gavée, et son goût traduisait l'abondance, l'absence d'agressions extérieures, la constance du milieu. Elle avait en retour produit ce sucre à une concentration qui n'avait plus rien de naturel.

Alvare cocha 8, et se saisit d'une poignée de mesclun. Aspect, coloration, croquant, fraîcheur : les critères étaient ici plus simples, et il put sans se trahir attribuer à l'insipide mélange des notes très honnêtes. D'aspect, il était fort attrayant : la gamme des verts se voyait fort bien mise en valeur par le pourpre de la trévise, et l'ensemble avait sur le blanc de la table un aspect très graphique. Impossible de distinguer les goûts de la scarole ou de la mâche : une légère saveur végétale, puis une finale très neutre, teintée d'eau, se succédaient sur son palais anéanti par les sucs de fraise. On n'en attendait pas moins d'un mélange de salades : 10-10-10-10.

Il continua ainsi à goûter ce qu'on lui présentait. La tomate était une réussite, un légume-fruit au goût riche, mais encore reconnaissable, sous une robe attrayante. Le soja, quant à lui, croquait sous la dent, et nul relent de javel ne venait gâcher l'expérience : dans ce milieu protégé, stériliser les pousses en les faisant tremper devenait inutile.

Ce qu'ils produisaient était donc bon, calibré pour un marché qui faisait de la constance d'une saveur déjà connue une vertu cardinale. Seule l'étrange fraise, qui sous sa peau elle encore naturelle cachait un arôme fabriqué, lui disait qu'il y avait, à produire ces végétaux si loin de leurs terres d'origine, comme une alchimie malsaine, une trahison, l'illusion d'un triomphe.

Il ne dit rien de cela, et lorsqu'il envoya les résultats de ce curieux intermède gustatif, l'item saveur retrouva le 10 que tous, sans hésiter, attribuaient semaine après semaine à tout ce qui sortait de la ferme.

Lorsque ses jeunes collègues avaient ôté leurs masques, il avait été frappé par l'extrême cohérence du groupe. Non qu'un visage ressemblât à un autre, mais tous semblaient comme les plants de la ferme issus d'une même matrice. Des pommettes hautes aux arcades prononcées, on voyait comme le fil rouge d'une histoire familiale commune, et il eût été bien en peine de dire s'ils étaient frère, sœur, cousin, ou rien de tout cela.

C'était un lieu commun dévoilé dès les premières pages du Lonely Planet, qu'il avait distraitement parcourues dans l'avion : les patronymes et leurs suffixes, *-son* ou *dottir*, une société où chacun pouvait à un degré ou à un autre prétendre connaître le président ou ses ministres. Mais à Flúðirfjörður, dans la rue principale, sur le port, dans le petit supermarché Bonus, à la succursale de la société des alcools, le cliché prenait vie.

Prenons pour échantillon les douze employés de la ferme, pensa-t-il. *Rajeunissons-les ou vieillissons-les pour les besoins de l'expérience. Multiplions-les, puis lâchons-les en ville. Qu'ils peuplent les berceaux, les bars, les emplois, la piscine municipale et ses bains, la maison de retraite.*

La ville resterait la même.

Alvare se promenait souvent au hasard des quelques rues. Quelques saluts discrets rythmaient maintenant ses pas, mais il se sentait parfois perdu, seul invité étranger dans une fête de famille, entouré de générations aux liens indissolubles et forts. Il s'en ouvrit à Ásgeir et Hinrika, qui acquiescèrent devant leur bière, au bar de l'hôtel.

— Comme nos moutons, *mate.* Même génome depuis mille ans, ici.

— Ouais, et notre profil génétique tout entier a été établi par un labo il y a quelques années.

L'Islande était le meilleur laboratoire génétique au monde. Ses lignées de moutons de montagne, jamais croisées depuis leur arrivée mille cents ans auparavant, étaient vierges de toute influence extérieure. Les brebis avaient maintenant développé un gène, le Þoka, qui, en favorisant les naissances multiples, faisaient d'elles des mères très prolifiques. Cette mutation avait assuré la pérennité d'une race qui s'exportait désormais en Amérique.

Quant à ses habitants, tous issus d'un petit groupe de dix ou vingt mille Européens venus d'Irlande, d'Écosse et de Scandinavie, ils constituaient un groupe remarquablement homogène. Sans bruit de fond, comme l'avait expliqué le directeur de Genetics Decyphered, un cousin d'Hinrika, qui avait mené le décryptage de deux mille six cents génomes complets. Par extrapolation, on connaissait le profil génétique de la nation tout entière.

Alvare pensa à cette anomalie, dans son monde si multiculturel, où toute frontière n'était là que pour être abolie. On pouvait être de partout, partir et parcourir le monde, étudier, s'installer quelque part, repartir. Lui-même l'avait fait. À Montréal, nouvelle Babylone, on affluait pour se fondre dans une identité neuve, le premier état *post-national*, avait affirmé un premier ministre en quête d'un slogan vendeur. Mais ici l'ancrage, les origines, imprégnaient encore tout. L'histoire du pays se lisait toujours avec clarté sur les visages d'Ásgeir et d'Hinrika. Peu d'Islandais partaient à la conquête du monde. Ceux qui le faisaient revenaient le plus souvent. Après avoir dompté ensemble ce bout de terre hostile, au Nord, entre deux continents, comment l'abandonner tout à fait ? Pourquoi les *son* et *dottir* ne perpétueraient-ils pas cette présence conquise contre toute logique sur une nature d'avant les hommes ?

Alvare se voyait, face à eux. Il était la vieille Europe du Sud, ses lignées qui, elles, s'étaient durablement exilées. Avait-il envie de l'incarner ? Il le faisait bien malgré lui, dans cette ville où la présence étrangère s'était longtemps limitée aux saisonniers Polonais venus découper et saler la morue. Hjörtur, l'agent des douanes à l'œil torve et aux cheveux gras qui divaguait parfois sur le port, avait bien tenté l'aventure d'amener ici une jeune Philippine, qui rêvait du confort moderne de l'Occident. Combien de temps avait-elle tenu, avec ce vieux célibataire presque muet, qui ne s'animait qu'au débarquement du ferry ? Quelques mois tout au plus, selon Ásgeir, avant de rejoindre Reykjavík, puis Dubaï peut-être, ou Taïwan.

Lui, le Portugais au prénom francisé parti au Québec, stationné en Islande… L'Alvare plastique d'Irène, le brun silencieux, le jardinier en blouse blanche. De tous ces masques passés avec aisance, avec plaisir même, pour certains, y en avait-il un qui, dans la ronde de ses identités fuyantes, le définirait mieux qu'un autre, un jour ? Peut-être pas. Il finirait alors comme ces acteurs vivant rôle après rôle l'angoisse terrible des fins de tournage, où les masques tombent, et où le vide se fait.

Alvare se remémora Montréal, le *bachelor*, l'impression déjà pénétrante d'être, comme les plantes anonymes qu'il élevait dans le vide d'une solution sans terre mère, hors du temps, dans un lieu virtuel. *Mes racines ont blanchi. Trop longtemps, elles n'ont pas eu à lutter pour s'ancrer. Elles flottent, maintenant, et ne m'attachent plus à rien. Je suis standard, je me fais à tout, je peux vivre ici ou ailleurs, peu importe...*

Il avait dû se taire longtemps, car quand le bruit des verres qui trinquaient le ramena au bar, entre Ásgeir et Hinrika, il la vit lui sourire.

Et il sut ce qu'elle pensait : ici, on ne dérangeait pas un homme qui rêve. On attendait.

S'il y avait un rendez-vous qu'Alvare ne manquait jamais, c'était l'arrivée du Norröna. Il s'y préparait même avec un semblant d'impatience, fidèle, chaque semaine au lieu qui le plaçait aux premières loges de l'événement. Il retrouvait *son* banc sur le quai : c'est ainsi qu'Ásgeir, avec un semblant de dérision non dénué de moquerie, l'avait rebaptisé. Personne ne lui disputait la place, tant l'apparition du navire à quatre ponts qui pénétrait la baie faisait partie du quotidien de la ville : seuls Hjörtur et les touristes de passage y prêtaient encore attention.

Pour lui, ce moment restait semaine après semaine d'une magie intacte. Face aux deux parois du fjord se dessinait au loin la proue massive du ferry. D'abord presque immobile – lego géant posé sur une mer bleu acier – sa masse s'animait peu à peu. On voyait son nez fendre les flots qui se partageaient le long de son étrave, puis bouillonnaient sous ses hélices. La géométrie du géant changeait avec son cap lorsque son capitaine, un Danois bourru, barbu et taciturne, longeait le flanc est de la baie pour s'aligner avec le quai du terminal. Alvare l'imaginait, jumelles à la main, un œil sur ses écrans, réduire d'une main sûre la vitesse du bâtiment flottant, qui viendrait bientôt pour deux jours dominer de sa stature l'anse tout entière. Il croisait parfois le sillage d'un bateau de pêche : l'esquif oscillait lorsque la vague continue qu'il créait heurtait son flanc. On voyait les hommes à son bord poursuivre leur besogne sans même lever la tête. Tout juste saisissaient-ils un moment le bastingage : l'eau était froide, même en été, personne ne voulait y goûter.

Alvare voyait grossir le navire qui filait droit sur lui. D'un carré indistinct sur l'horizon, il était maintenant devenu la maquette animée d'un rêve d'enfant. Tous les détails étaient là, du sonar qui tournait en cadence aux baies vitrées semi-opaques de la passerelle. Les lettres SMYRIL LINES se découpaient sur le fond blanc de la coque et, dans le ventre du navire, les portes de voiture claquaient, les passagers impatients s'installaient. Sur le deck avant, quelques têtes chiffonnées affrontaient le vent : elles découvraient la baie comme il l'avait fait quelques semaines auparavant. Peut-être certains s'étonnaient-ils aussi de la petitesse du bourg dans un décor si majestueux.

On arrivait à un moment crucial, celui qu'il attendait. Les hélices s'étaient tues. Dans son sillage, le Norröna ne troublait plus les eaux. Il glissait, mû par cette belle inertie des navires qui ne veulent pas s'arrêter et fendent une mer qui les retient à peine. Dans l'épaisseur du silence retrouvé, il abordait. Béton et coque se rapprochaient, et quelque chose, dans cette jonction des mondes, emplissait Alvare d'une joie tranquille.

Les flots de la baie, pris entre le flanc du navire et le quai, s'effaçaient. Le capitaine remit comme à chaque fois un instant les moteurs pour retenir l'élan du ferry qui, bête docile, accepta la capture. Plus d'espace entre le Norröna et la ville. L'ancre et les filins lancés au sol scellèrent leur union.

On fit donner la sirène qui marquait la fin provisoire du périple : trente-six heures du Danemark à Tórshavn, puis dix-huit environ jusqu'à Flúðirfjörður. On avança la passerelle mobile. Dans cette veine métallique aux vitres teintées, on entendit d'abord, avant de les voir, le pas des passagers qui martelait la tôle. Puis le flot des premiers arrivants descendit la rampe inclinée.

À ses pieds, les voitures et camionnettes avançaient au pas, hésitantes, tâtant le quai telles un troupeau égaré. Hjörtur, l'agent des douanes, dirigeait le ballet, agitant les bras, jouant du sifflet pour les diriger vers le poste mobile. Alvare, toujours assis, guettait les visages connus et inconnus. Il se nourrissait de cet afflux neuf d'existences dans le vase un peu clos du village.

Ce soir, il irait comme chaque semaine au bar de l'hôtel : c'était un rituel auquel tous ses jeunes collègues sacrifiaient. On y recherchait l'aventure d'une nuit sans conséquence, les récits de vies d'ailleurs, le son de langues connues ou inconnues.

Hinrika lui avait dit un jour qu'elle venait là pour ça. Capter des conversations dont elle ne comprenait rien, saisir au détour d'une intonation une émotion ou un état. Elle écoutait, accoudée au bar, une bière déjà tiède à la main, les voyageurs à peine débarqués. La flamboyance un peu hautaine du français, la belle structure un peu cassante de l'allemand, le nerf sanguin de l'espagnol catalan, les rythmes décalés du souffle japonais : jamais elle ne se lassait de ces infinies variations, de ces univers encapsulés dans la sonorité d'un mot.

Alvare se joignait parfois à elle et ils jouaient, imaginant là une froide dispute conjugale, plus loin le cahier de doléances de touristes frustrés ou, dans un coin de la salle, une série de révélations intimes et douloureuses. Parfois, il traduisait, et elle s'amusait de voir qu'elle n'avait rien saisi de ce qui s'était tramé.

Le spectacle touchait déjà à sa fin. Le quai, rendu à sa tranquillité, voyait somnoler à son flanc le Norröna. Les moteurs avaient refroidi, les ponts s'étaient éteints un à un, les filins se distendaient au rythme des flots calmes du fjord.

Dans deux jours, le ferry sortirait de nouveau de sa torpeur. Après la valse des voitures et camionnettes, de nouvelles vies viendraient alimenter la passerelle mobile. On larguerait les filins qui fouetteraient le sol en tombant. Puis sous l'œil d'Alvare, troublé comme toujours par ce moment poignant, un espace, étroit d'abord, puis bientôt béant, séparerait le quai de la coque. Les flots sombres apparaîtraient, le navire trouverait son cap, et lui resterait là, le regard immobile, sur le banc, cherchant à l'horizon la silhouette maintenant disparue.

Plus il habitait Bali, plus une idée le poursuivait. Elle lui revenait souvent lorsque, fatigué par les lumières artificielles de la ferme, il goûtait par-dessus tout la clarté venue de l'océan qui animait dans le salon l'ombre projetée de tous les objets immobiles.

Les maisons cristallisent : elles nous disent qui nous sommes, à mesure que nos vies se font en elles.

Il pensa à ce couple, bien sous tous rapports, des collègues de ses parents, de bons bourgeois lisboètes comme eux. Elle avait été belle, mais à trop craindre le passage du temps, ses traits s'étaient figés, et à mesure qu'il grandissait, Alvare avait vu son éclatante jeunesse se muer en une dureté qui confinait à la sécheresse. Lui, chef d'entreprise au cheveu rare, semblait vivre sous l'emprise constante d'un poids. Ses rires étaient brefs et mouraient aussitôt, et il se fût excusé de ces moments de légèreté si la peur du ridicule ne l'avait arrêté.

Ils avaient deux enfants, et dans cette quête de respectabilité qui guidait leur vie toute tracée, acheter une maison de ville à Lapa était un passage obligé. Ils côtoieraient les ambassades et les grandes familles de la ville, loin de l'agitation crasse de la Baixa.

Il se souvint de sa première visite dans les étages de cette demeure sombre, à l'odeur âcre de poussière ancestrale, noyée dans une quasi-pénombre. Le couple était fier et heureux de son acquisition. *Potentiel, rénovation, emplacement* : il avait entendu ces mots sans les comprendre, mais voyant ses parents acquiescer, il avait pensé : *Ce doit être une belle demeure, après tout. S'ils le disent...*

Dans les chambres étriquées – l'espace de réception était, lui, beaucoup plus généreux – tout n'avait pas jauni au même rythme. Un rectangle plus blanc, un ovale parfois ou le profil d'une croix gardaient la mémoire d'un cadre, d'un miroir, d'un Christ veillant sur un lit. Les planchers n'étaient plus droits, et lorsqu'il avait lâché la bille de verre qui traînait dans sa poche, elle avait hésité un instant entre plusieurs pentes, avant de se réfugier dans un coin.

Il marchait, et le vertige d'un navire qui tangue l'avait gagné : il était sur le pont d'une vieille caravelle, qui portait en elle l'histoire du Portugal...

Quelques mois avaient passé. La famille avait tant bien que mal campé dans ces quartiers assez peu habitables, où l'eau avait le goût du plomb, et le vent un génie inédit à se glisser sous les portes et fenêtres. Le fils de la famille était souvent malade : on l'avait changé d'école, ce devait être le choc. À cet âge, on s'attache à ses amis.

Il fallait réagir, se lancer dans cet ambitieux plan de rénovation. L'argent ne manquait pas : on convoqua architectes et experts, de brillants croquis furent produits, face auxquels les parents d'Alvare acquiescèrent de nouveau.

On ne fit pas trop attention, au début, à l'étrange fissure qui partait d'un angle du plafond dans la salle à manger. *Ces vieilles bâtisses ! Bientôt, il n'y paraîtra plus.* On rabroua Alvare lorsqu'un soir, il eut le malheur de dire : « Maman, elle a grandi depuis la dernière fois, regarde ! » Le maître des lieux avait eu un rire gêné : « Quel fin observateur, ce garçon, il ira loin ! » On avait vite changé de sujet. Oui, le projet avançait, on attendait juste une expertise des sols, ces choses-là prenaient du temps, et la bureaucratie...

Le rapport était arrivé. La fissure était le symptôme d'un mal plus profond. La maison se scindait lentement en deux, autour de la poutre centrale. On ne pourrait rien reconstruire avant d'en pieuter les fondations. Cela serait long et coûteux.

Alvare demanda un jour pourquoi on n'allait plus dans cette maison. Son père se tourna vers sa mère, qui le fit asseoir et expliqua d'un air grave que parfois, les parents ne s'entendaient plus et pouvaient partir chacun de son côté, tout en continuant à aimer leurs enfants. C'était souvent mieux ainsi. Et non, ça n'arriverait pas dans leur famille. Réfugié dans les bras de sa mère, il revit très distinctement la fissure, devenue étrangement béante.

Les fondations de Bali étaient solides, comme l'était la dalle de béton qui l'avait protégé de l'hiver boréal. Il aimait la sûreté de ce lieu emprunté. Le vent soufflait fort, mais l'air, dans le salon vitré, restait d'un calme parfaitement immobile.

Ideal Standard : Alvare relisait comme tous les matins l'inscription qui lui faisait face, telle un mantra, sous le robinet de son lavabo. C'était l'ancienne version du logo, en lettrage bleu manuscrit, penché vers la droite à la manière d'une signature.

Il l'avait vue partout, de la salle de bains de ses parents aux toilettes de bar du monde entier. Il l'avait vue enfant comme un symbole de propreté, de pureté parfaite, idéale, sur fond toujours immaculé d'émail. Il s'était moqué de ces images d'enfance lorsque saoul à Paris devant une pissotière fétide, il avait laissé ce mantra le narguer jusqu'à la nausée. Ces deux mots, en français, cette fois, qui l'avaient obsédé : *idéal standard, idéal standard, idéal standard...* C'était ce qu'on lui vendait : cet idéal si standard que personne n'en percevait plus le vide. En ce dimanche, dans la silencieuse salle de bains de Bali, il se disait qu'il avait fui cela en quittant Irène : cette vie qu'on lui promettait douce, mais dont il n'avait jamais su s'il la désirait vraiment.

Dans son lit, au même étage, Hinrika dormait encore, et ce seul fait le remplissait d'un calme qu'il goûtait avec plaisir. Son corps lourd des excès de la veille peinait à s'éveiller, mais elle reposait, paisible, au creux des draps, le visage lisse, inconsciente des heures qui s'égrenaient en ce matin immobile. Lui aimait se savoir seul sans l'être réellement. Dans un coin du miroir, derrière lui, on devinait une épaule dénudée. Il s'attarda un moment sur les courbes de ce corps tout juste découvert.

L'appel du café fut plus fort, et, descendu d'un pas léger dans le salon, il s'assit tasse à la main dans le silence, écoutant toujours son sommeil, qu'il n'eût pour rien au monde troublé. Il s'étonna encore d'être si calme mais à la fois presque impatient : les effluves du café allaient-elles, en montant à l'étage, la ramener à la conscience ? Descendrait-elle alors, jambes nues, enveloppée d'un t-shirt informe, en faisant grincer la dernière marche presque fendue ? Quels seraient ses premiers gestes, ses premiers mots ?

Pour l'heure, rien ne bougeait. Des images de la veille lui revinrent. Ses rires trop appuyés après quelques verres, sa volonté de n'entendre, de ne regarder que lui, en s'écartant des autres, qui avaient vite compris. Ses questions, d'une intensité nouvelle, loin du ton ordinaire de leurs conversations. Son silence lorsqu'il avait évoqué Lisbonne, Paris puis Montréal. Le désir, né d'un coup, d'être seul avec elle, à Bali, de l'embrasser, de la toucher sans plus penser à rien.

Tout s'était fait sans un mot, car il fallait laisser parler les mains, les bouches, leurs souffles, leur impatience. S'agripper fort à l'autre, lui faire don de tout ce qu'il voudrait prendre. Tisser les premiers fils d'une mémoire neuve des corps. Recommencer par pure envie, et sombrer sans fond, l'un contre l'autre, dans la lumière pâle des petites heures du matin.

Il avait aimé son abandon, son odeur, la force fluide de ses gestes. Elle avait pris ce qu'elle voulait de lui, le regard perdu, intensément présente. Il l'avait sentie frémir, heureux de n'exister que par le plaisir qu'il prenait et donnait.

Sur son lavabo, en lettrage bleu manuscrit, penché vers la droite, *Ideal Standard* avait bien tenté de le narguer. De le rappeler à l'affreuse banalité d'une soirée arrosée finissant dans un lit. Mais non, rien n'y faisait.

Lorsque Hinrika descendit les marches et posa une main encore chaude sur son épaule, il ne sentit que l'intense frisson d'une première fois.

Rien ne changea vraiment dans les jours qui suivirent. Quelques regards inquisiteurs, peut-être, dans une équipe habituée aux amours transitoires, rythmées par l'arrivée puis le départ du ferry. Alvare et Hinrika s'en souciaient peu. Ils jouissaient sans penser de ces purs moments de découverte qui marquent les débuts d'une histoire. Pourquoi parler, puisque les corps disaient tout ? Pourquoi se soucier du monde, puisque le désir renaissait d'un simple regard ? Cette belle mécanique les aimantait, les rapprochait sans cesse l'un de l'autre, sans parole superflue, dans un silence qui laissait vivre la pureté d'un geste, l'éternité d'un moment.

Pour la première fois depuis longtemps, Alvare se sentait à sa place. Il ne dirait pas à Hinrika, comme il l'avait dit à Irène : « Tu es ma patrie. » Il se méfiait de ses mots. Mais lorsque, fermant les yeux auprès d'elle, il sentait sans le voir le poids de son corps à ses côtés, rien ne manquait, rien ne l'appelait plus vers un quelconque ailleurs. Il écoutait son souffle dans le calme de cette maison bien protégée des vents, et savait qu'après la nuit, il la retrouverait là, comme ce premier dimanche, auprès de lui. Il n'avait qu'à s'éveiller, faire le café, guetter le grincement d'une marche, et ce bonheur durerait.

Dans la ferme, ils se voyaient, se frôlaient parfois. Ils affectaient, lors des repas ou des réunions de travail, un sérieux et une neutralité sans failles. Endosser le costume de collègues amicaux mais professionnels les amusait, et ils continuaient à suivre la troupe qui, chaque samedi, rejoignait le bar de l'hôtel à la recherche de nouvelles têtes. Ils se séparaient, rejoignaient deux tables distantes de quelques mètres, se regardaient expliquer à un hipster allemand ou à une routarde tchèque le concept de ferme cubique. D'un hochement de tête, ils se félicitaient l'un l'autre de leurs succès d'audience, puis se retrouvaient au bar quand, aventures d'un soir conclues ou avortées, les membres de l'équipe quittaient, seuls ou non, la salle qui se vidait.

Alors, dans l'intimité de ces fins de soirée qui rejouaient leur première fois, il suffisait que l'un ou l'autre se lève, et ils partaient, vers Bali, se redécouvrir de nouveau.

Alvare s'éveilla un matin avec une idée fixe : quitter quelque temps Flúðirfjörður, partir marcher, seuls, au-delà du vase clos de la vallée. Elle accueillit l'idée d'un hochement de tête - *OK, let's do it* - et l'affaire fut vite réglée. La ferme pouvait tourner sans eux quelques jours, et bien sûr, il fallait qu'Alvare découvre l'Islande avant la fin de son contrat, qui se faisait proche : Ásgeir reprendrait ses missions et Hinrika n'aurait qu'à transmettre à l'équipe ses recommandations.

Ils firent leur paquetage. Ils seraient autonomes, équipés seulement d'un GPS de poche. Un bateau les mènerait vers une côte isolée et sauvage, et ils reviendraient à pied par l'intérieur des terres. Peu de chemins, pas d'échappatoire facile, aucun touriste pour ces cent trente kilomètres qu'ils pensaient parcourir en huit jours. Sur la carte, l'itinéraire, qu'Alvare traçait avec minutie au crayon, était comme un rêve éveillé d'explorateur nordique. On y croisait falaises abruptes et plages de basalte balayées par le vent, glaciers puissants et champs de lave fumants, qui se rencontraient parfois. *Hraun, Jökull, Klettur, Vatn, Dalur :* il se répétait à voix basse toute cette âpre géographie, et l'envie de vivre en marchant, tout entier tourné vers ces lieux inconnus, suffisait déjà à le rendre heureux.

Hinrika semblait s'amuser de cette excitation d'enfant, elle qui avait déjà parcouru en tous sens ces paysages qui fascinaient, ces dernières années, les touristes en quête du dernier voyage à la mode. Mais elle se prêtait de bonne grâce au rôle de l'autochtone qui saurait décrypter un vent soudain plus frais, une brume descendue de nulle part, les méandres d'une rivière, à la recherche d'un gué.

Elle savait qu'en partant avec lui, elle pourrait se laisser porter un peu plus loin par ce temps suspendu de leur histoire naissante. Il parlait peu, ne questionnait rien, et son silence, allié au plaisir de la marche, lui laissait entrevoir de belles journées hors du temps réglé du quotidien. C'était une parenthèse bienvenue, un moment d'existence minimale qu'elle ne pouvait refuser et ils pourraient bien assez tôt, à leur retour, se projeter dans un futur qui ne manquerait pas de se rappeler à eux.

Lui voyait son silence comme la marque non dite d'une évidence : pourquoi parler sans cesse quand ils pouvaient vivre ensemble, sans la fatigue des discours qui polluent et ressassent ? Les mots leur étaient presque inutiles, et ils chemineraient muets, heureux, pour longtemps, sans que le monde et les choses les soumettent à leur empire.

Sur le pont du petit chalutier qui partait vers l'est pour une campagne de pêche de six jours, Alvare ne se retourna pas lorsque l'on sortit du fjord. Il voulait goûter ce moment délicieux où l'on se *détache* d'un lieu pour aller plus loin, quelque part. Hinrika dormait, la tête sur son sac, bercée sans doute par le roulis asymétrique qui la faisait tanguer. Lui regardait défiler la côte et s'effacer toute trace d'activité humaine récente. Il leur faudrait encore huit heures de mer à bonne allure pour atteindre leur point de dépose, un vieux quai doublé d'un hangar menaçant ruine, où quelques pêcheurs stockaient encore des filets de rechange.

Les derniers habitants l'avaient déserté dès 1950, usés par l'isolement et l'épuisement des ressources halieutiques. De leurs vies ne subsistaient que quelques fermes surplombant l'océan, abris précieux et points de repère sur leur parcours à venir. L'une d'elle apparaissait déjà au loin, bâtisse obstinée, fière et dérisoire, toujours debout pour témoigner que là, au milieu de rien, on avait essayé de se bâtir une vie.

Alvare avait lu Laxness et aimé ses personnages obstinés, increvables, dont l'existence ne tenait qu'à la survie de quelques brebis toujours menacées par la maladie du charbon. Ils avaient vécu sur ces crêtes dont le touriste esthète moderne ne voyait que la *rugueuse beauté* des reportages télé. Ils y avaient enfanté, travaillé et vieilli sans autre but que d'exister dans cette nature aveugle à leurs souffrances. Il pensait à ces vies d'une simplicité qui confinait à l'absurde. Lutter, tout le temps, se voir récompenser, parfois, du droit ténu de continuer à être. Un héroïsme bâti à coups de bêche, de briques de tourbe empilées pour isoler les murs et voir, peut-être, s'achever une autre année.

Il allait avec Hinrika traverser ces lieux hantés, marcher sans le savoir au travers de cimetières effacés par les herbes et le vent. Eux auraient un suprême privilège : celui de la légèreté. Vêtus d'étoffes chaudes mais sans poids aucun, presque flottantes, ils s'abriteraient sous une toile souple, tendue d'arceaux articulés. Sur leur réchaud miniature, ils reconstitueraient avec un peu d'eau fraîche un repas bientôt fumant, qui contenterait leur appétit aiguisé par la marche. Après une nuit calme, tout regagnerait leurs sacs et ils repartiraient, présences passagères pour qui effort et plaisir ne feraient qu'un.

Assis à la proue auprès d'elle, Alvare se laissait aller à parcourir ces falaises. Il les voyaient déjà, libres, agiles et rapides, vivre en respirant, attentifs au monde qui se dévoilerait au rythme de leurs pas. Le bateau, à chaque seconde, les rapprochait de ce point zéro où ils débarqueraient et seraient, pour un temps, roi et reine d'une contrée sans sujets.

Il tangua encore un moment sur le quai, regardant le chalutier reprendre son allure de croisière, déjà bien loin, au large. Son corps trompé par le roulis peinait à retrouver ses marques, à se convaincre que le sol, sous ses pieds, était de nouveau ferme. Hinrika l'attendait près de la tête de sentier qui les mènerait, par une belle diagonale, au sommet de cette falaise herbeuse. Tout était calme, et même le vol des skuas qui se jouaient des courants ascendants paraissait ralenti. Ils ajustaient imperceptiblement leur position dans l'air et observaient, presque immobiles, les deux marcheurs colorés qui pénétraient d'un bon pas leur domaine.

Hinrika avait sans le consulter pris la tête. Elle n'aimait pas clore la marche et n'avoir pour tout horizon que la masse oscillante d'un sac à dos. Alvare la suivait en silence, et la voir sur cette pente s'élever peu à peu lui plaisait. Elle était forte et rapide, déliée, progressait d'un pas fluide et sûr. Lorsqu'il se retourna vers la mer pour apprécier le chemin parcouru, le bateau avait disparu. Plus rien ne les rattachait au monde humain. Face au vent qui l'effleurait, il emplit ses poumons d'un air neuf et pressa le pas pour la rejoindre.

Arrivé à sa hauteur, il posa la main sur son épaule. Il lui avait emprunté ce geste simple, plein de sens mais léger. Il se souvenait, en le faisant, de sa main à elle, dans le salon de Bali, au sortir de leur première nuit. Elle répondit par un sourire, sans ralentir le pas, puis leva un instant les yeux vers le ciel. Les premières étoiles d'une nuit limpide sortaient apparaissaient déjà, leur rappelant le temps passé en mer pour parvenir en ce point reculé de la carte. On ne marcherait guère plus aujourd'hui.

Tout bleuissait autour d'eux, et et le froid, soudain, le prenait à témoin : l'été finissant, sous ces latitudes, n'avait qu'un empire limité sur les choses. Il faudrait bientôt s'abriter, et Alvare se souvint du premier point de leur itinéraire. Une ferme, justement, qui ouvrait encore les portes de ses bâtiments abandonnés à de très rares marcheurs. Un parfait premier bivouac.

À la lumière de sa frontale, Hinrika repéra la première le reflet renvoyé par une vitre encore curieusement intacte. Sans elle, sans doute seraient-ils passés très près sans la voir de cette bâtisse à ras de terre, au toit semé d'herbes hautes. Alvare sortit d'une poche latérale une lampe à gaz, et la façade trapue d'une ancienne bergerie apparut. Deux murs qui s'élevaient à peine du sol, le faîte d'un toit à hauteur d'homme : recroquevillé sur lui-même, l'abri semblait vouloir échapper aux vents violents, aux pluies qui battraient et fouetteraient tout édifice les défiant de sa hauteur. Non, face à tout cela, face à la neige aussi, c'était d'humilité qu'il fallait se parer. Se faire oublier, enterrer, même, par la masse blanche qui conserverait en son sein la si précieuse chaleur, et finirait bien un jour par s'affaisser, puis fondre.

Ils entrèrent l'un après l'autre. Le ballet ralenti des poussières qui flottaient dans le faisceau des lampes s'accéléra lorsqu'ils s'assirent enfin sur un banc de traite. Tout sentait encore le foin, et voir une brebis tapie là, dans un coin, ne les eût pas étonnés. Le dernier troupeau était pourtant parti soixante-cinq ans avant. Seules les semelles crantées de quelques bottes de marche marquaient encore de leur empreinte le sol de tourbe séchée.

Il faisait presque chaud dans l'abri. Alvare sortit un moment pour embrasser du regard l'espace infini. Le brasillement des étoiles l'accueillit, cette lueur tremblotante, cette pulsation céleste qui envahissait tout. Il éteignit sa lampe et parcourut d'un coup d'œil oblique la Voie lactée qui scintillait plus fort encore. De la mer, on n'entendait qu'une rumeur lointaine, étouffée par un vent descendu de l'intérieur des terres. Hinrika l'avait rejoint, il voyait sa bouche entrouverte qui fumait, ses mains à moitié enfouies dans ses manches.

Il pensa : *une offrande*. Le monde me fait une offrande. Pas une promesse lointaine. Il me donne ce moment où l'on comprend à quoi sert d'être là.

Il se rapprocha d'elle. Il fallait être proches, être ensemble. Elle répondit à son geste en lui serrant la taille, puis l'entraîna doucement vers la cabane obscure. À l'aveugle, il chercha sa peau, se saisit d'elle, la ramena à lui. Il n'entendait que son souffle, le bruissement des vêtements qui tombaient, le cliquetis d'une ceinture ouverte d'une main adroite. Ils furent bientôt au sol, haletants, cherchant à vaincre toute distance entre leurs corps, se nourrissant du rythme et des gestes de l'autre. Et Alvare, un instant, se sentit disparaître en elle.

L'offrande était là à nouveau. Échapper à tout, jouir, fermer les yeux sur un sommeil plus délicieux encore, et demain, se réveiller neufs, prêts à repartir. Légers et heureux, le corps et l'esprit clairs, impatients de marcher comme la veille vers tous les bonheurs à venir.

Hinrika rit de lui lorsque, émergeant enfin, il grimaça dans la lumière. Au soleil déjà haut, il comprit que ce beau coma l'avait longtemps enveloppé. Elle avait fait place nette, un café l'attendait, les sacs étaient bouclés. Impossible de le faire bouger, il avait reposé là, le visage tranquille, le souffle lent et régulier, sans rien entendre de ce qu'elle faisait autour de lui. En Islande, on ne dérangeait pas un homme qui rêve, on attendait.

Elle aussi se sentait bien, ce matin. Elle aimait l'intensité silencieuse qu'il mettait dans ses gestes, son abandon total au règne du corps lorsqu'ils faisaient l'amour. Mais contrairement à lui, c'est éveillée, consciente, pleine d'une énergie puisée dans cette belle fusion qu'elle l'avait regardé sombrer, si vite, dans ce sommeil-refuge qu'elle lui enviait.

Les yeux ouverts sur la clarté lunaire venue du dehors, elle avait attendu longtemps que ses sens acceptent de s'apaiser. Elle aurait voulu courir, nager, peut-être, dissiper dans la nature la chaleur qu'elle sentait encore en elle.

L'inconfort du sol ferme sous son modeste tapis de sol avait conspiré à la priver de repos. Aucune fatigue pour l'entraîner plus bas, peser sur ses paupières. Et en ce matin clair, elle se sentait toujours étrangement vivante, sans pouvoir dire de quelle source lui venait cet influx mystérieux.

Pas de lui, non : elle ne cèderait pas à l'illusion d'un bonheur possible. Alvare finirait par quitter l'Islande, il en était ainsi. Pour l'heure, elle était là avec lui, et n'en demandait pas plus. À quoi bon partir seuls s'ils ne pouvaient, quelques heures, quelques jours, cesser de penser à l'après ?

Aujourd'hui, ils longeraient la mer. Ils la survoleraient presque, du haut d'une falaise escarpée qui dentelait la côte de cette péninsule éloignée. Les eaux, cinq cents mètres plus bas, lançaient contre elle des assauts dérisoires. Que pouvaient-elles contre ce monument et ses puissantes orgues de basalte ? Dans un éternel défi, Hornbjarg opposait aux vents, aux marées, aux courants l'immobilité souveraine de la terre. C'était elle, en vérité, qui jetait ses caps acérés, ses murs abrupts au-devant de l'élément liquide. L'océan grondait en se brisant mais rien n'y faisait, la falaise l'emporterait toujours.

Ils gagnèrent d'un bon pas le point le plus haut de cette citadelle. Devant eux, le fil usé d'un chemin épousait le profil de la côte, puis choisissait de la quitter pour rejoindre l'intérieur des terres. Alvare devina au loin l'éclat blanc d'un névé et les premières montagnes ocres d'un massif de rhyolite. Les pentes obliques de la falaise les invitaient à quitter le voisinage de la mer pour pénétrer plus avant dans ce monde minéral. Aux immenses bancs d'herbe coiffés par les vents succédaient à l'horizon les premiers reliefs nus, eux, et parcourus de fumerolles volcaniques. Ils entamèrent la descente et la rumeur des flots, distante déjà, s'effaça tout à fait.

Temps de marche, lieu du prochain bivouac, extérieur, cette fois : Hinrika pensait, au rythme de ses pas, avec économie et clarté, et cette réduction du monde aux seules nécessités du jour suffisait à la contenter. Marcher, cet effort doux et constant malgré le poids du sac, apaisait son esprit et donnait à son corps réveillé une vigueur nouvelle. Le rythme jamais court de son souffle, celui des bâtons qui soutenaient son effort, ses yeux ouverts sur les montagnes qui grossissaient peu à peu : tout se résumait à cela. Elle flottait dans ce monde, qui la portait au fil de ses pas. Ce n'était plus la vie mais son épure, ce strict nécessaire dont elle oubliait trop souvent la belle simplicité. Elle aurait voulu marcher à l'infini, dans la seule et pleine conscience du moment présent.

Une main, sur son épaule, la sortit de sa rêverie. Alvare lui dit qu'elle courait presque, que son pas, tel un pouls fouetté par l'effort, n'avait cessé de s'accélérer. Voulait-elle le semer là, au milieu de rien ? Elle en rit, s'excusa, elle n'avait pas senti ce soudain emballement. Ils marchèrent un moment côte à côte, échangeant quelques mots, d'un pas égal, au milieu d'un champ noir d'obsidienne.

La roche cassante, aux angles vifs, à l'éclat vitrifié, crépitait sous leurs pas. Elle martyrisait les semelles pourtant robustes de leurs bottes de montagne. Dans ce monde austère, seules quelques mousses éclairaient de leur fluorescence l'étendue noire, comme si le vivant peinait à coloniser la surface encore neuve d'une planète émergente. Ce paysage était né de laves acides et très vite refroidies. L'obsidienne avait gardé de ce choc thermique extrême une dureté telle qu'à son contact, même le verre se rayait. Elle brillait d'un éclat tranchant et les reflets qu'elle lançait constellaient cette plaine monochrome, voûte céleste inversée, tombée là par la grâce d'un volcan.

Alvare, à fouler ce sol qui n'avait plus rien de terrien, tenta bien de rappeler à lui d'anciens souvenirs de géologue amateur. Mais lutter contre l'irrépressible étrangeté de ce paysage était vain. Il avait bien quitté la vieille Terre pour un monde en formation, brut encore de n'avoir pas été usé et poli par le temps. Ici, la lave avait coulé, s'était figée puis brisée. De ce scénario tellurique qui se répétait sous leurs pieds, ils voyaient les instables stigmates. La planète était encore jeune, son sang, comme le leur, encore neuf et mouvant.

Hinrika s'était arrêtée un instant, GPS en main, puis avait bifurqué sans un mot vers ce qui semblait être une vallée. L'air, qui jusqu'alors ne portait aucune senteur, se chargea très vite d'hydrogène sulfuré : il signalait l'approche d'une zone d'activité volcanique. En contrebas, des fumerolles d'un blanc dense s'évaporaient avant d'atteindre le bleu du ciel. Le champ d'obsidienne s'arrêtait là et laissait place à un vallon dont les terres aux tons ocres et jaunes se mêlaient. Sur leur gauche, en amont, la langue ronde d'un névé tapissait le fond de ces pentes ravinées et nues. Le front de neige s'était effondré, vaincu par les vapeurs incandescentes sorties du sol, et de cette grotte instable émergeait une menue rivière serpentine qui tissait un faisceau d'eaux brûlantes, puis bientôt refroidies. Elles se perdaient dans cette étrange oasis, où de longues algues filamenteuses disputaient aux mousses et aux lichens phosphorescents les richesses minérales de ce milieu unique. Des bactéries extrêmophiles coloraient les chaudrons acidifiés par le soufre, qui bloblotaient en rythme dans un boueux sabbat. L'eau s'en écoulait rouge, grise ou aigue-marine, comme les émanations souillées d'une tannerie. Pourtant, tout était pur ici, et il ne fallait voir dans ce psychédélique fatras chimique aucune trace de la main de l'homme.

Alvare et Hinrika cheminaient avec prudence sur le sol spongieux et trompeur. Dans cette vallée magique, tout bousculait leurs sens. Les vapeurs soufrées anesthésiaient leur odorat saturé et le sifflement de la vapeur sous pression emplissait tout leur spectre sonore. Entre deux fumerolles, l'invraisemblable palette de ce lieu extraterrestre leur sautait au visage, et leurs yeux peinaient à croire ce qu'ils voyaient. La chaleur ambiante caressait les pieds fatigués d'Alvare, et Hinrika s'était déjà débarrassée du superflu. Elle ne connaissait pas la zone et l'arpentait bras et tête nus, s'accroupissant pour percer les secrets des végétaux qui supportaient les avanies d'un milieu si hostile.

Car la vie était là, elle avait saisi sa chance. On lui avait donné eau et chaleur. À elle de résister aux absurdes concentrations d'acide qui auraient dissout tout végétal normalement constitué. Elle avait choisi des formes et couleurs inédites, celles de l'exploit qu'elle accomplissait ici chaque jour. Elle se voulait âpre, rampante mais visible. Le défi lancé par ces bactéries, mousses et algues méritait qu'on le salue. Alvare, revoyant l'ordonnancement sans faille de Teningur bænum, ne pouvait qu'admirer la ténacité de ces plantes aux formes simples, trapues ou effilées, admirablement accrochées à ce bout de vallée. Car au-delà, dans le vent, on regagnait Mars, la Lune ou Vénus, et la roche reprenait ses droits à perte de vue.

Alvare souleva un pan de mousse, sans l'arracher. Il avait crû à même la roche, sans substrat, sans réel appareil racinaire. La plante puisait dans les pluies et les vapeurs toute sa subsistance. Le lichen voisin faisait de même : pas de racines, un thalle indifférencié rassemblant tous ses organes et emplissant les surfaces poreuses des roches volcaniques. Un être hors sol, lui aussi, d'une simplicité admirable qui, sans assistance aucune, s'accrochait à l'existence des siècles durant et triomphait de tout.

Il pensa un moment à ses plants, répétés à l'infini, gavés, amenés vers la lumière, les racines gorgées d'une parfaite solution nutritive. Où était le miracle ? Ici, sans doute, bien loin des produits calibrés qu'il surprotégeait au cœur d'un entrepôt.

Ils campèrent à l'abri d'un surplomb de glace, à l'écart des fumées, au son de l'eau roulant sur les roches. Le dôme orange de leur tente se fondit dans la polychromie ambiante, et leur repas réhydraté par les eaux de la rivière eut un goût étrange et fade. Légèrement soufré.

Les jours suivants, ils marchèrent au gré de leurs envies, dans cette nature étrange qui changeait sans cesse de visage.

Ils rencontrèrent un lac aux eaux peu profondes où, par centaines, des truites fendaient la surface, sans même remarquer leur présence. Alvare les observait, fasciné, retrouvant le plaisir simple de ses explorations enfantines dans les mares, au bord de la mer. Il accompagnait de la main les lentes ondulations de ces poissons d'ordinaire si farouches, les effleuraient. Ils ne déviaient jamais, continuant à tracer leur sillon aquatique sans conscience qu'au-dessus d'eux, le grand ennemi était là. Cette indifférence lui disait qu'ils étaient dans une nature intacte, qui n'avait pas souffert du voisinage de l'homme. Les truites nageaient comme en apesanteur : leurs dorsales fendaient la surface, leurs branchies battaient à un rythme tranquille. Alvare, la tête tournée vers l'eau, marchait à pas lents, les suivant du regard. L'eau, si cristalline qu'elle semblait sans substance, donnait l'illusion qu'entre rive et lac, toute frontière s'était effacée.

Le long d'un canyon qu'ils suivaient pour rejoindre plus loin un gué, ils s'arrêtèrent de longues minutes. Face à eux, une parfaite pyramide étalait sa large base, et son sommet triangulaire se lançait tel un défi à l'assaut d'un ciel atone. Dans le chaos géologique qu'ils traversaient, l'irruption de cette géométrie exacte avait la puissance du rêve. Striée de lignes brisées, la montagne grise semblait émettre des ondes, à la manière d'un pulsar. Elle était le centre de quelque chose, c'était certain. Tous les paysages traversés convergeaient-ils vers ce point focal ? Était-il à l'origine de tout ?

Alvare se laissa aller un moment à ces rêveries métaphysiques, qui n'étaient qu'illusion. Il fit quelques pas de côté : le triangle s'évanouit comme il était apparu, et la montagne sans nom reprit bien vite une forme plus banale. Ils la laissèrent derrière eux et l'oublièrent telle un mirage qui s'efface.

Ils franchirent, vacillant sur leurs bâtons, bottes autour du cou, chaussettes aux pieds pour plus de friction, une rivière plus froide que la glace qui leur saisit et mordit les mollets.

Ils traversèrent un sandur hérissé de pics isolés, reliefs posés là dans l'immensité sableuse qui leur piquait les joues au moindre souffle de vent. Ils marchèrent de front, dans le sol meuble, la bouche et le nez enveloppés d'un linge, soulevant à chaque pas une poussière qui chassait en oblique, puis virevoltait derrière eux. Leur pas synchrone, dans un silence que rien ne venait troubler, avait pour Alvare la force de l'évidence. C'était un moment parfait, ici, avec elle. Elle était la présence qui donnait à ce périple tout son sens. Il ne désirait qu'une chose : rester à ses côtés.

Hinrika, sans en laisser rien paraître, se sentait pourtant lasse. Son corps, si alerte et si vif les premiers jours, était pris d'une étrange langueur. Son pas ralentit, se désarticula. Marcher devint une corvée, chaque foulée un effort quantifiable qu'il fallait répéter, et le sable, l'insaisissable ennemi qui l'empesait. Son horizon se refermait, elle comptait les heures, incapable de sentir encore cette liberté dont elle s'était au départ enivrée. Il allégea son sac. On raccourcit les étapes. On chercha des bivouacs à l'abri, confortables.

Elle lui demanda un jour de repos, arguant des fatigues accumulées ces derniers mois, et resta près de la tente, au son apaisant d'une rivière, alors qu'il explorait sans se lasser les champs de lave alentour. L'eau la berça, et dans l'herbe fraîche, allongée là, les mains croisées sur le ventre, elle comprit.

Un vent glacé leur annonça qu'ils approchaient. Ils remontaient la moraine terminale depuis une heure déjà à pas lents, pour la ménager. Leurs sacs les attendaient plus bas, à l'abri d'un rocher, mais Hinrika n'avait pas voulu, pour cette dernière étape, le laisser monter seul vers le front du glacier. Ils avançaient à rebours de l'implacable travail géologique qui s'était accompli ici : la glace, broyant de sa masse le socle rocheux qui l'accueillait, en avait charrié les restes, réduits peu à peu en éclats, puis en sable qui avait glissé vers la mer dans un vaste sandur. Sous leurs pieds, les pierres grossissaient peu à peu et quelques blocs rescapés parsemaient déjà les flancs de cette vallée creuse.

Après un dernier surplomb, le vent leur fouetta le visage, et Breiðurjökull se révéla à eux. Il était d'un gris sale, raviné d'innombrables ridules liquides qui formaient devant lui une mare noire comme la roche. La glace, presque plate, emplissait l'horizon et s'élevait imperceptiblement vers le ciel. Quelques zébrures bleues la traversaient quand affleurait à travers ses fractures le cœur plus pur du glacier.

C'était un paysage de l'après : loin de sa superbe d'antan, la mer de glace était exsangue, vaincue, vidée de sa force brute par une inexorable fonte. Elle ne craquait plus avec fracas, ne charriait que des eaux au débit dérisoire. Elle se retirait, se rétractait à l'inverse du chemin parcouru jusqu'alors, laissant à nu la roche autrefois emprisonnée en son sein.

Échouée là en oblique, une chenillette promettait aux touristes le frisson d'une promenade motorisée sur le dôme du glacier. Une assemblée de motoneiges attendait aussi le chaland, qui se faisait rare. Avait-on envie de parcourir la glace grise et plate jusqu'à un illusoire sommet un peu plus blanc ? Une apocalypse fatiguée, une fin de règne somnolente, voilà ce qu'évoquait en ce jour sans relief le troisième glacier d'Islande.

Ils avaient atteint le point final de leur marche et rejoint le circuit touristique, à proximité de la R1. Des 4x4 garés là sortaient quelques courageux en tenue de survie arctique, qui parsemaient le front du glacier de petits points mouvants et colorés. Ils franchissaient timidement les minces torrents en regardant leurs pieds et cherchaient désespérément quoi photographier sur cette étendue plate, qui se fondait à l'horizon dans un ciel plus monotone encore. Après quelques selfies, ils regagnaient leurs véhicules et partaient plus loin, vers un autre geyser, une autre zone volcanique, une autre plage de sable noir.

Un enfant le tira par la manche : il exhibait fièrement sa bouteille d'eau du glacier, comme s'il s'agissait là du plus pur des élixirs terrestres. Alvare s'agenouilla et la goûta : il avait bien raison, il n'en avait jamais bu de meilleure.

Dans le camion-bus tout terrain qui les ramenaient à Flúðirfjörður, Hinrika dormait. Elle s'était affalée sur son épaule, insensible aux cahots qui secouaient la lourde carcasse à six roues et au vacarme de l'antique diesel qui crachait ses fumées par le toit. Sur son visage lisse, deux cernes bleuâtres bistraient ses yeux : elle avait l'air pâle et grave d'une enfant fatiguée. Lui tentait d'absorber pour elle les chocs de cette piste défoncée, et entourait de son bras gauche ce corps alourdi par le sommeil. Au-delà de sa chevelure, qui lui chatouillait le visage, le défilé des étonnants paysages islandais continuait. On descendait une vallée, après avoir quitté un lac semé de cônes volcaniques et moussus, le long d'une rivière tortueuse qui se perdait plus loin dans le sandur.

Les images de leur marche lui revenaient. Sur l'écran mouvant de cette fenêtre de bus, elles se succédaient, fusionnaient parfois avec ce qu'il voyait. En naissait un étrange royaume, aux frontières floues, entre passé et rêve, comme l'espoir d'une éternité heureuse. Sa tête dodelina deux, trois fois peut-être. Il se sentit fermer les yeux sans retour, et un songe lui aussi peuplé d'instantanés magnifiques déroula le film de ses visions fantastiques.

Richard Darcheville était perplexe. Perché au-dessus de la ville dans son bureau d'angle, il venait d'achever la lecture du dernier rapport d'Alvare. Il y reconnaissait toujours sa marque de fabrique : la précision des termes, l'absence totale d'impropriétés ou d'approximations, la sophistication désuète de ses formules d'un autre temps.

... La culture de plants nains de tomates ouvre également des perspectives qu'on aurait tort de négliger. Outre le très bas taux de pertes – qui n'a jamais, au cours de notre étude préliminaire, dépassé les 5 % – la résistance du produit au transport, son attractivité sur les marchés pourtant matures d'Europe du Nord (l'attrait du « micro-légume-fruit ») en font un candidat au fort potentiel commercial, et dont la nouveauté n'est pas la dernière des qualités...

Mais le rapport, si factuel, derrière sa mise en page soignée et sa neutralité, s'achevait sur une demande qui interrogeait le Président Fondateur du Consortium Ville Verte.

... Il appert que le projet Ferme cubique entre dans une phase de transition cruciale, qui décidera de sa viabilité à long terme. Il serait intéressant d'accompagner l'équipe en place au fil de ce changement de paradigme, qui en ciblant les produits les plus

attractifs et en s'adaptant à la forte augmentation de la demande, se trouve au cœur d'une double-problématique, à la fois qualitative et quantitative. Notre expertise à venir, dans la proposition client et l'élaboration de plans stratégiques, s'en trouverait grandement validée par la somme de données concrètes qu'un prolongement de la mission permettrait d'envisager...

Un prolongement de la mission... Il se répétait ces mots en tapotant du doigt le plateau de verre trempé semi-opaque qui lui faisait face. Un deuxième prolongement, déjà, sans que les avancées annoncées justifient la station prolongée d'un ingénieur senior dans un fjord reculé d'Islande. Darcheville n'avait eu aucun mal à justifier le premier face au reste de l'équipe dirigeante. *Marché européen - productivité record - perspectives à moyen et long terme.* Cette sainte trilogie avait eu l'effet escompté : anesthésier chez les membres du conseil d'administration toute velléité critique. Mais deux jours avant la réunion à venir, il se sentait pris d'un doute : Alvare avait-il une raison cachée de prolonger son séjour ? Avait-il oublié la nature première de sa mission : observer, revenir, puis reproduire ?

Darcheville fit le choix de la fermeté. Il ne pouvait laisser un électron libre, perdu au beau milieu de l'Atlantique Nord, décider de son sort par rapport interposé. Il avait toujours pensé que le bon fonctionnement d'une entreprise passait par la conscience claire, chez chacun, des bornes et limites de ses attributions. Il était de son devoir de rappeler à Alvare qu'on l'avait placé là en récompense de son implication sans failles dans le défunt projet *champ des possibles.* À maintenir un employé trop longtemps loin du centre, on l'incitait à tirer plus que de raison sur sa laisse. Il fallait le ramener à la raison. Le faire revenir à Montréal.

De Darcheville : Votre rapport.

Alvare,

J'accuse par le présent message réception de votre rapport mensuel et profite de ce courriel pour vous remercier de la qualité constante de vos observations. Vous avez acquis au fil de ces huit mois une expertise dont la maison-mère profitera grandement, et il nous faut maintenant penser à faire fructifier ce travail de terrain, dont vous saviez dès le premier jour qu'il ne durerait qu'un temps. Vous avez observé : revenir et reproduire ce que le projet Ferme cubique a de bon constitue la suite logique de votre affectation islandaise.

Vous comprendrez donc que lors du prochain CA, je n'appuierai pas votre demande de prolongement de mission. Il n'en sortirait rien de bon, car il vous faut maintenant transmettre ce que vous avez vu, compris et analysé dans vos remarquables rapports.

Notre relation de travail a toujours été empreinte de clarté et de franchise. Parmi vos qualités, je place au premier rang – au-delà même de vos compétences – votre probité. J'ai toujours pu compter sur vous, c'est pourquoi je sais que ma décision sera comprise et acceptée, même si elle va à l'encontre de vos aspirations du moment.

Vous recevrez sous peu les détails concernant votre retour, mais sachez que c'est avec plaisir que je vous reverrai au siège du consortium, pour pousser plus avant notre déjà très fructueux travail commun.

Avec mes plus sincères salutations,
Richard Darcheville,
Président fondateur/CEO and founder
Consortium Ville Verte/Green City consortium

Alvare marchait dans la rue principale lorsqu'il reçut le message. Les bras chargés de courses, il ramenait à Bali le repas qu'il allait bientôt préparer, car Hinrika supportait mal, ces derniers temps, une station debout prolongée en cuisine. Elle avait donc renoncé, un jour sur deux, à la stricte parité des tâches dont elle chérissait le principe. Et Alvare avait pu satisfaire à ses aspirations d'Européen d'un autre âge : servir une femme enceinte, car elle le méritait plus que quiconque.

Il n'avait bien sûr jamais dit les choses ainsi. Il avait suggéré, la voyant grimacer pour se saisir d'un inaccessible paquet de pâtes, qu'il pourrait peut-être pour un soir la relayer. À sa grande surprise, elle s'était appuyée sur lui et avait accepté d'un hochement de tête. Il s'était mis en cuisine sans tarder, avec le sentiment d'avoir remporté une de ces menues victoires qui font le sel du quotidien.

Le mail le stoppa net.

Il n'était plus à Flúðirfjörður, futur père empli de fierté d'un Alvarsson ou d'une Alvarsdóttir. Il était face à Darcheville, dans son bureau sans âme, à entendre que le périmètre de ses libertés venait, comme une pupille qui se rétracte, de se refermer soudainement. On tirait sur la laisse et il devrait suivre le chemin imposé par la main du maître. Il relut le message, à la recherche d'une faille, d'une tournure qui laisserait espérer une possible négociation. Mais il connaissait son patron. Il appréciait sa franchise, qui lui fit penser en baissant les yeux : *c'est sans appel.*

Tout lui parut plus lourd. La joie simple des heures à venir, leur évidence, se voilait tout à coup. Qu'allait-il faire, que fallait-il dire ou faire ? La rampe éclairée de Bali apparaissait déjà au loin. Il avait comme d'ordinaire répondu par un rapide sourire au hochement de tête d'Hörjtur, le douanier à l'œil torve, qui le saluait depuis l'annonce de la grossesse d'Hinrika. C'est le devin aveugle des Grecs, pensa-t-il, l'oiseau de malheur, l'imprécateur que personne ne fera taire.

Je ne dirai rien ce soir.

Je vais l'embrasser, m'installer en cuisine. Dehors, le vent du soir va se lever, les herbes vont danser. Dans le salon, le bois des murs réchauffera la lumière des abat-jour. Je poserai le plat fumant sur la table. Je la verrai se pencher, et son visage se découpera dans le faisceau blême du plafonnier. Elle me dira *Obrigada*. Je répondrai *Ekkert að* þakka, et j'oublierai ce satané message.

Alvare savait que ne pas répondre ne mènerait à rien. On était déjà à la veille de la réunion qui, à trois mille huit cents kilomètres de là, allait statuer sur son sort. On lui enverrait ensuite un billet d'avion électronique et une invitation à rencontrer Darcheville au siège. Accepter/

Peut-être/Refuser : la trilogie des clics possibles s'afficherait. L'option Refuser serait la plus contraignante : il faudrait l'accompagner d'un message à l'expéditeur...

En face de lui, le visage d'Hinrika et sa silhouette plus ronde l'invitaient à rêver au futur. Le premier prolongement de sa mission accepté, il lui avait proposé de s'installer avec lui à Bali. Elle n'avait rien à craindre, il ne s'agissait pas d'officialiser quoi que ce soit. Il voulait juste la voir, l'aider, l'accompagner dans sa grossesse. Il n'osait lui parler de ce qu'il adviendrait plus tard. De son désir de rester auprès d'elle.

Hinrika avait un temps hésité. Que lui proposait-il vraiment ? Une présence ? Un engagement ? Se sentait-il une obligation morale de l'accompagner le plus longtemps possible ? En Islande, on s'était depuis bien longtemps détaché de ce cadre de pensée. Elle pouvait faire cet enfant avec ou sans lui. Elle n'avait jamais vu ses parents se battre ou se déchirer : ils l'avaient élevée avec amour, séparément.

Elle accepta. Jusqu'au terme de son contrat. Il avait la liberté de repartir, elle ne pouvait imaginer qu'il ne s'en saisirait pas. D'autres projets l'attendaient, d'autres rencontres, loin du fjord, loin de l'Islande et d'une jeune collègue un peu rêveuse et silencieuse. Pour elle, son absence ne serait pas un poids. Elle voyait chaque jour, même ici, loin du tourbillon des amours passagères de Reykjavík, des femmes seules sortir de leur maison. À leur suite, des enfants de tous âges, qu'elles élevaient tout en travaillant.

Sa voisine, Jóna, avait cinquante ans et cinq enfants. Hlíf, l'aînée née d'une histoire de jeunesse, était partie tenter sa chance dans la capitale. Elle émergeait du bus toutes les deux semaines pour retrouver sa mère et ses deux sœurs. Les deux plus jeunes, des garçons de cinq et sept ans, partageaient le même père, Gunnar, un employé municipal de Höfn, qui s'occupait d'eux les mois d'été. En ville, à l'école, aucun regard, aucune remarque blessante. Les couples mariés vivant ensemble restaient majoritaires, mais la famille nucléaire n'était plus depuis longtemps un modèle désiré. En cas de nouvelle rencontre amoureuse, on amenait ses enfants, et ces fratries recomposées fusionnaient le plus souvent sans heurts.

Pour Hinrika, avoir un enfant n'était pas la fin d'une supposée jeunesse légère et sans contraintes. Être mère la rendrait plus forte, à l'image de ces femmes qu'elle saluait chaque jour dans la rue principale. Elle avait choisi Alvare en connaissance de cause. Parce qu'il lui plaisait, parce qu'il n'était pas d'ici. Parce qu'il repartirait. Et lui laisserait le plus beau don du monde.

Son départ se profilait déjà. C'était une question de mois, de semaines peut-être, elle n'en savait rien. Il entretenait encore, avec un art consommé des circonvolutions, un savant flou sur ce qui l'attendait : il avait envoyé à son chef un rapport montrant qu'on pourrait encore avoir besoin de lui ici, il attendait sa réponse. Il était au cœur de considérations stratégiques obscures, dont il ne voulait pas l'affliger.

Elle ne craignait pas de le voir un jour s'éloigner. Elle ne souhaitait pas non plus son départ, mais l'enfant à venir n'y changeait rien : Alvare, dans sa vie, resterait une belle présence passagère et furtive, rien de plus. Il n'avait jamais rien exigé d'elle, il s'effacerait comme il était arrivé, avec une retenue qui ferait honneur à son désuet personnage de gentleman du sud.

En attendant, c'est en jouant cette douce comédie du couple qu'elle l'en remerciait, à son insu.

De Alvare : RE : votre rapport

Cher Monsieur Darcheville,
Je ne saurais vous cacher ma déception face à la très fâcheuse nouvelle que vous me livrez là. Vous connaissez mon attachement au Consortium, à son esprit de progrès, à sa vision de l'avenir, et j'ai pensé pouvoir à ma modeste échelle y contribuer en vous proposant de suivre un peu plus longtemps le projet Ferme cubique.

Si j'en crois votre message, je n'ai pas su vous convaincre de l'importance stratégique du partenariat étroit noué ici par mes soins. J'en suis arrivé à une compréhension intime du projet, et je comprends votre impatience : il me faut, selon vous, penser dès maintenant à l'intérêt supérieur de la société, et faire fructifier ces savoirs en les transmettant.

Je vous opposerais, si vous me permettez cette liberté, un argument certes commun, mais ici très parlant : celui des perspectives à long terme. Je pourrais en effet, je l'avoue, former assez vite une équipe, et sans doute reproduire à petite échelle un projet somme toute assez similaire à celui de Flúðirfjörður. Il s'agirait donc d'essaimer, et de poursuivre en interne le développement de technologies découvertes ailleurs.

Projet tentant, qui a du sens dans une logique de rendement immédiat. Selon moi, il s'agit là d'une erreur d'appréciation. Flúðirfjörður va soit se marginaliser, soit révolutionner le marché nord-européen : il nous faut observer cette phase cruciale de croissance, qui montrera les limites d'une technologie ou l'étendue de ses promesses. Nous avons besoin d'un regard synoptique sur le projet, et interrompre ici ma mission d'observation reviendrait à quitter le terrain avant même le début véritable du match.

Je sais que cet appel a peu de chance d'aboutir, à la veille d'un CA dont le cérémonial laisse peu le champ à la discussion et aux revirements de dernière minute. Je me devais toutefois de vous livrer, une dernière fois peut-être, ma vision des choses. J'en appelle donc à votre sagacité, que je sais grande, pour vous demander d'appuyer ma requête auprès de qui de droit.

Avec mes plus sincères salutations,

Alvaro Sarmento

Ingénieur de production senior

Consortium Ville Verte

Il ne croyait qu'assez peu à toute cette rhétorique usée. Il savait son efficacité limitée, tant le message de Darcheville laissait comprendre que tout était dit. Il avait écrit au fil de la plume, un peu lassé d'employer ces formules d'un autre temps pour porter un espoir inutile. Darcheville comprendrait-il, derrière le plus que transparent « une dernière fois peut-être », qu'il avait déjà virtuellement démissionné ? Sans doute, mais cela compterait-il ? Il en prendrait acte, et sa position lui dicterait de ne proposer à Alvare aucune alternative. *Je respecte et déplore, je déplore mais respecte votre décision* : dans quel ordre son patron dirait-il les choses, et mettrait-il fin à leur « très constructive collaboration » ?

Il imaginait un *Je vous souhaite le meilleur dans vos projets à venir*, tout en espérant que Darcheville et son amour de la langue feraient mieux.

Il avait raison. Deux jours après la réunion du CA, c'est par un très lyrique « Il arrive parfois que des parcours pourtant faits pour se compléter divergent. Je le conçois, je le regrette, et c'est avec d'infinis regrets que je vous vois partir », que son ancien patron choisit d'accepter sa démission.

Il y avait, dans l'acte simple mais si ritualisé d'enfiler sa combinaison de travail, quelque chose de rassurant et d'essentiel. L'habit lui disait qu'il avait sa place dans ce lieu hors du monde qu'était la ferme. Il se saisit de sa tablette, salua Ásgeir et les autres d'un hochement de tête, et commença au rythme de son souffle étouffé par le masque sa tournée d'inspection matinale. Rien n'était différent : il avait pris le parti de prolonger, aussi longtemps que possible, l'illusion que les choses continuaient. Sur le chemin de la ferme, Hinrika l'avait questionné sur l'éventuelle réponse de son patron, qui tardait étrangement selon elle. Non, il n'avait rien reçu, Darcheville devait sans doute consulter avant de lui donner son accord.

— On le saura bien assez tôt. Des histoires de ressources humaines, tout ça.

Il avait pressé le pas, coupant court, mais il savait qu'elle ne pousserait pas plus avant la question.

À voir l'horloge murale doucement égrener les secondes, il se prit à penser que rien n'avait changé. On l'oublierait, dans ce fjord isolé, il pointerait tous les jours dans ce qui deviendrait bientôt une entreprise prospère. Il rentrerait au son d'un enfant courant vers lui sur le plancher du salon, et verrait tous les jours la mer, au loin, devant Bali, blanchir de moutons sous les vents.

Il rêvait, il le savait. Il cultivait pour un moment encore l'illusion d'une vie simple, ici, enfin ancrée quelque part. Il attendait qu'un signe le détrompe. Des regards appuyés, des yeux baissés, moins de paroles anodines à la pause, un regard de reproche d'Hinrika, peut-être... *Pourquoi tu me l'as pas dit ?*

Il décida de devancer tout ce qui se profilait déjà. Il chercha Ásgeir du regard, marcha droit vers lui, le saisit par l'épaule.

— On peut se parler ?

Ásgeir savait déjà. Un courriel du Consortium, qui insistait sur le fait que leur collaboration continuerait bien au-delà de cette première expérience. Il avait attendu qu'Alvare lui en parle. Il voulait lui laisser le temps. Ni l'équipe ni Hinrika n'étaient dans la confidence. Il l'invita à parler un moment avec eux, pour qu'ils entendent de sa bouche la triste nouvelle. Alvare plaida sa cause : il était compétent et libre de tout contrat, il pourrait continuer ici, contribuer. Avec son passeport portugais, il n'avait pas besoin de permis de travail, tout était ouvert. Mais Ásgeir l'interrompit : il avait bien pensé le garder, mais comment prendre le risque de froisser un partenaire, un investisseur potentiel, au moment où Teningur bænum en avait le plus besoin ? En démissionnant, Alvare s'était coupé de ce qui légitimait sa présence ici : son lien avec le Consortium, qui verrait d'un bien mauvais œil son embauche.

— Ç'a été super de t'avoir ici, *mate.* T'as fait un boulot fantastique, reviens-nous voir quand tu veux, tu seras le bienvenu.

Ásgeir fit sonner le signal de la pause. Quelques yeux étonnés se levèrent vers l'horloge, qui ne marquait que 10:32:06, mais tous se dirigèrent vers le laboratoire, dans l'annexe. Il s'effaça en montrant Alvare de la main, qui prit la parole d'un ton neutre. Hinrika, à sa droite, restait étrangement impassible.

Elle ne dit rien. Après le défilé de poignées de mains et de claques dans le dos, elle s'approcha de lui et le serra longuement en une étreinte qui était déjà pour elle un adieu.

Alvare finit sa journée de travail, puis emprunta le même chemin que la veille. Son sac de courses rempli, il fit un détour par Vínbúð, la Société des alcools, puis se dirigea vers Bali par la rue principale. Il savait que refaire ces gestes routiniers ne le sauverait pas du naufrage, mais il y avait, dans cette ultime répétition du circuit quotidien, comme un hommage à ce qui aurait pu être.

Une vie ici, sans accrocs, comme tant d'autres, calme, médiocre aux yeux de certains. Banale. Mais il la désirait, cette banalité, il l'appelait de ses vœux. Il aurait voulu rentrer chaque jour ses cabas à la main, dans une maison dont il aurait racheté les murs, retrouver sa famille, voir son enfant grandir.

En s'approchant de Bali, il sut très vite que l'illusion se dissipait. Ellc avait le parfum des choses entrevues, mais qui s'évanouissaient avant même de pleinement exister. Hinrika l'avait serré fort, longtemps ce matin, et cette étreinte, il l'avait compris, prenait congé de lui. Il ouvrit la porte, traversa le vestibule avec l'étrange impression de n'être plus ici chez lui.

Un souvenir lui revint, celui de son entrée dans les lieux. Il s'y était glissé avec aisance, sans rien changer, sans rien déplacer. La maison l'avait accueilli avec calme et bienveillance. Il s'était fait à ses espaces, au point de pouvoir aujourd'hui la parcourir les yeux fermés. De chaque pièce, chaque recoin, il savait intimement la taille, la hauteur, le volume, comme si leurs dimensions s'étaient inscrites en lui. Ses bruits – la dernière marche qui grinçait et ployait, la flamme du chauffe-eau qui se rallumait, le bourdonnement électrique du frigo – ne l'étonnaient plus : ils étaient la signature sonore d'un quotidien familier, connu et rassurant.

Mais ce soir, en rentrant, il n'entendit que le silence. La maison lui refusait tout secours. Elle lui signifiait son congé. Il fallait partir, faire son sac, rendre les clefs. Il s'assit dans le salon, immobile, et il lui sembla que l'air autour de lui avait cessé de circuler. La vie quittait déjà les lieux. Chaque jour passé ici avait pourtant construit une mémoire vivante, qui s'alimentait du moindre geste, de la plus infime habitude. C'était là le rôle des humains : habiter, peupler une chambre, une cuisine, y respirer, y faire résonner leurs voix. Alvare comprit que pour une fois, Bali n'avait pas été pour lui un refuge hors du monde, mais un monde en soi, où se tissait la trame d'une histoire à venir. Ce beau rêve se délitait déjà, retrouvait la froide raideur des maisons vides. Il fallait bien partir, puisque aucun souvenir heureux ne naîtrait plus ici.

Il la reconnut à son pas, plus emprunté que d'ordinaire, peut-être. Elle rentrait tard. Sans doute avait-elle cherché à repousser le moment de se revoir, de parler avant de laisser place au silence, au cours des choses qui les éloignerait sans retour. C'était l'épilogue, déjà, puisque tout était dit. Elle avait eu raison : il était dans l'ordre des choses qu'il reparte. Assise face à lui, elle eut la force de lui sourire.

— *What now ?*

— *You tell me.*

Elle repartirait demain vers sa colocation. Sa mère, retraitée, avait prévu de venir l'assister pour les deux derniers mois de sa grossesse et, bien sûr, toute l'équipe la soulagerait autant que possible. Elle avait déjà noué avec d'autres *single mums* des liens forts, on allait l'épauler, il ne fallait pas s'inquiéter. Il était libre, elle ne lui demandait rien.

Alvare écouta sans surprise ces paroles qui faisaient déjà de lui un absent. *Elle ne lui demandait rien.* Elle l'avait dit d'une voix blanche, en lui tenant les mains, pour adoucir sa peine. Il se revit chez Irène - ses gestes lents, presque tendres, à travers tout l'appartement lorsqu'il avait, une à une, dispersé ses roses d'Équateur fanées, ourlées de pourpre. Il recevait à son tour l'hommage dû à ceux que l'on quitte. Les mots d'Hinrika se voulaient doux mais ils étaient secs, sans sève. On le rejetait au loin, on ne voulait plus de lui ou de sa présence, on lui signifiait qu'il avait fait son temps. Il resta muet, détourna le regard, puis monta à l'étage sans un mot.

La géographie dit bien des choses, car finalement, qu'est-ce qu'une vie, sinon un parcours ? C'est ce qui le traversa alors qu'il déposait dans le coffre de la Toyota le dernier carton d'Hinrika. Flúðirfjörður n'était pas vaste, loin de là, mais chacun allait s'installer à une extrémité de la ville. Elle près de la ferme, lui à l'hôtel, près du quai où s'amarrait le Norröna. Cinq cents mètres tout au plus les sépareraient, mais c'était tout un monde. La rupture était consommée. L'hôtel accueillait les gens de passage, ce qu'il était devenu. Elle allait de son côté retrouver la communauté un moment abandonnée pour lui. Cette étrange famille étendue qu'était au fond l'Islande.

Il avait obtenu d'elle, sans lutte, de rester jusqu'à son accouchement, en janvier. Il voulait voir l'enfant. Elle trouva sa demande légitime. Il lui concèderait ensuite l'autorité parentale, mais lui demandait cette ultime faveur : se voir père, toucher, sentir, tenir celle qui serait sa fille.

Dans le bureau du maire, à qui il rendait les clefs de Bali, la question ne manqua pas.

— Qu'est-ce que tu comptes faire, Alvare ?

— Je vais rester encore un peu, je crois.

L'édile le salua d'une franche poignée de main mais là encore, on prenait congé de lui. Il avait rempli son contrat, on l'avait accueilli avec respect et ce qu'il fallait d'ouverture. Il pouvait repartir, et on se souviendrait de lui comme un de ces étrangers travailleurs et discrets qui avaient su se fondre, plus d'une année durant, dans cette communauté soudée. Le tiroir du bureau se referma sur les clefs de Bali, et Alvare sut que ce lieu heureux était, à la seconde, devenu chose du passé.

Il rejoignit son banc, sa valise à roulettes à la main, la Toyota garée derrière lui, comme à son arrivée, treize mois auparavant. Il aurait voulu voir le Norröna approcher puis s'amarrer, avec son lot de vies et de visages neufs. Il allait devoir attendre : mercredi, le ventre mou de la semaine, promettait encore de longs moments d'ennui. Le ferry n'accosterait pas avant trois jours.

Sur les pavés du port, les roulettes protestaient contre l'inique traitement qui leur était infligé : elles se bloquaient, manquaient à chaque pas de faire basculer la valise. Elles voulaient le ralentir, pensa-t-il, l'empêcher de s'arracher ainsi à la vie qu'il s'était promis. Rien n'y faisait : il se rapprochait de l'hôtel, dont l'enseigne annonçait fièrement : *Traveller's Haven*, le refuge du voyageur. À une lettre près, son paradis. Malgré le poids qui, ces derniers jours, semblait vouloir l'entraîner par le fond, il ne put s'empêcher d'en sourire. À la réception, on s'étonna de le voir s'enquérir d'un possible tarif au mois. Tout le monde reconnaissait le membre de l'équipe qui fidèlement, chaque samedi, venait chercher rencontres ou aventures d'un soir à l'arrivée du ferry. Il s'entendit leur répondre *fin de contrat, rester un peu plus longtemps. Oui, on pouvait lui garder une chambre au mois, pour combien de temps ? Un mois, deux peut-être. Prendrait-il le petit déjeuner, la demi-pension, la pension complète ? La pension complète, ce serait vraiment parfait.*

Assis sur le lit de la 301, il regarda un moment le chocolat posé sur l'oreiller. La photo laminée au mur de l'incontournable drakkar de Reykjavík. La notice plastifiée, près du téléphone, les indicatifs des pays, le coût à la minute des appels. La moquette était épaisse, et on avait pris garde de doubler les rideaux : après tout, l'été, le soleil brillait vingt heures par jour, il fallait bien créer l'illusion d'une vraie nuit.

Il était dans les limbes. Dans un lieu de passage impersonnel, destiné à se mêler, dans la mémoire du voyageur en transit, à des dizaines d'autres chambres identiques. On n'entendait que la soufflerie du système de climatisation et l'occasionnelle quinte de toux traversant les trop fines cloisons. Des voix aussi, qui passaient dans le couloir capitonné.

Au moins, sa chambre donnait sur le fjord. Pas de balcon, dans le refuge du voyageur, mais une vue qui portait loin, sur les eaux grises et les pentes creusées par l'érosion. S'il fixait assez longtemps l'horizon, il finirait bien par se passer quelque chose. Un bateau de pêche, dodelinant sur les flots, fendrait les vagues, se rapprocherait, puis finirait par jeter l'ancre au port. Des hommes en sortiraient, un camion viendrait charger le produit de leur pêche et chacun retournerait chez soi, vers la chaleur d'une maison qui s'allumerait, le soir, à l'heure du dîner. Puis veillerait la nuit venue sur le sommeil de tous.

Il décida de ne pas descendre dîner ce soir, en avertit la réception pour éviter qu'on ne l'appelle avant la fin du service. Le silence s'était fait, l'étage devait être vide à cette heure, au beau milieu de la semaine. Allongé, il se souvint de ces moments où, après avoir fait l'amour, il ne sentait plus son corps. Tout poids, toute tension le quittaient en ces minutes pleines et tranquilles, comme si le plaisir le réconciliait pour un temps avec le monde. Ni chaud, ni froid, une douce neutralité, l'ombre d'un souffle qui soulevait à peine une poitrine tranquille : une forme de bonheur calme qui ne durait pas, mais dont le souvenir suffit, ce soir-là, à le mener au sommeil.

Le temps est bien épais quand on ne fait rien. Il résiste à tout, refuse de s'écouler, tout simplement. On le voudrait fluide, on voudrait l'oublier, ne revenir à lui qu'à notre propre guise ? Il fait peser chaque seconde, prend à ralentir un malin plaisir, s'englue, nous nargue. On peut bien détourner le regard de la montre, fuir les horloges, rien n'y fait, on reste pris dans ses filets.

Alvare en faisait l'expérience, lui qui avait pensé se plonger dans un livre pour tuer une nouvelle journée d'inactivité. Il avait marché, le matin, après le robuste buffet proposé par l'hôtel : saumon local sur *lava bread*, *cold cuts* d'agneau des montagnes, on soignait le client ici. Mais à parcourir ainsi Flúðirfjörður, il s'était mis dans les pas de son défunt passé. Bali surgissait partout, au bout de la rue principale, au détour d'une ruelle. Le T B de la ferme dominait toujours fièrement le port, et s'asseoir sur son banc l'eût conduit à croiser tôt ou tard Ásgeir sorti fumer ou Hinrika venue y reposer son dos. Il ne voulait pas de ces moments de malaise et de commisération où l'on raviverait quelques secondes, quelques minutes peut-être, une familiarité ou une intimité qui n'avait plus lieu d'être.

Il croisa Hjörtur, dont l'œil valide le fuit aussitôt : tout se savait ici, on se demandait déjà pourquoi il restait là, s'il ne travaillait plus. La fille n'avait pas besoin de lui. On s'occuperait d'elle, de l'enfant, qu'il s'en aille. Le magasin général allait ouvrir, on levait le rideau, et un commis finissait d'installer sur le trottoir le présentoir des offres du jour : gigot de poulain, fruits de Teningur bænum. Il n'avait rien à y faire, Hinrika se débrouillerait seule avec sa mère et ses colocataires, *merci* : c'était ses derniers mots dans la voiture, à la fin du déménagement. Il pensa bien lui acheter quelques fraises, les déposer devant sa porte, discrètement, sans même laisser un message. À quoi bon, pourquoi s'abaisser à ces traces dérisoires, ces pathétiques *Je suis encore là* ?

Lire ne l'aida pas. Toujours ce livre de l'intranquillité dont il ne venait pas à bout. Il tenta bien, au café de l'hôtel, de se perdre dans le récit de son année passée là : une jeune touriste anglaise, qui pensait elle aussi tuer le temps en parlant, en fut la victime consentante. Mais à s'entendre dérouler d'un ton presque convaincu le fil de son aventure islandaise, il se fit l'effet d'un bonimenteur fatigué de ses fallacieux discours. La ferme, le projet, l'expérience, la beauté des lieux : tout cela sonnait creux, il allait repartir, il n'attendait qu'une chose. Voir l'enfant.

Lorsque la jeune fille, Nikon en bandoulière, s'excusa en le remerciant – elle voulait profiter de la lumière pour photographier la ville – il regarda d'un œil sombre l'horloge du hall. Il n'était pas midi.

Il vécut cette lente torture un, puis deux jours de plus. Le vendredi, il prit la Toyota et conduisit en suivant la piste gravelée sur la côte, au-delà du fjord. Il s'arrêta près d'une station de mesure sismique installée là par des chercheurs américains dans les années soixante-dix. On y surveillait les mouvements de la croûte terrestre qui, au rythme d'un ou deux centimètres par an, finiraient par scinder l'île en deux sous l'effet antagoniste des plaques nord-américaine et eurasienne. Un sismographe, un GPS pour transmettre ses données : le petit dispositif tenait dans une boîte de plexiglas, au pied d'une modeste tour de transmission ornée d'un panneau solaire et d'une inscription presque effacée, HOTSPOT 26.

Alvare se pencha vers l'instrument, dont la ligne centrale, au cœur de l'écran rond vert monochrome, ne cessait d'osciller. Elle captait les pulsations instables du paysage, rendait compte d'une activité imperceptible mais réelle, qui modelait la croûte terrestre sous ses pieds. Mais tout autour de lui, il ne voyait plus qu'un paysage inerte, loin de la terre en formation qui l'avait tant ébloui quelques mois plus tôt. C'était les cendres, les sables rincés par les eaux, dispersés par les vents, qui lui parlaient aujourd'hui : cette matière terminale, broyée puis réduite en de fines particules soumises aux éléments. Il repartit vers l'est au son de Suðurland fm. Devant lui, la silhouette d'un nouveau fjord, puis d'un autre, reliés par le ruban de sable noir qui tenait lieu de route.

Il stoppa net, resta une minute en suspens, cherchant du regard, au-delà du pare-brise, une raison de pousser plus loin. À quoi bon ? Il pourrait rouler quelques heures de plus, sans autre but que d'être en mouvement. S'arrêter, parfois, baisser la vitre, prendre l'air devant la géométrie faussement neuve d'un paysage jamais vu. Mais au bout de cet ersatz de fuite un peu pathétique, rien ne l'attendait que l'évidence de l'inutile.

Il fit un demi-tour sec, frôla le fossé. Sur l'écran du GPS, on lui proposait cruellement *Navigate to last known address ?* Bali, l'hôtel, le quai, la ferme : un fjord plus loin, il apercevait déjà Flúðirfjörður.

Alors qu'Alvare errait, on s'affairait en ville. Jóna et Hinrika avaient rejoint Höfn et sa triste zone commerçante. Elles allaient y retrouver Katrín, heureuse de sortir d'une retraite un peu trop confortable pour vivre avec sa fille l'arrivée de celle qu'on n'avait pas encore nommée. La voisine aux cinq enfants, la future *single mum*, sa mère : ce petit cénacle de femmes parcourait les galeries criardes du supermarché local.

Jóna racontait : Hinrika n'avait pas eu un mot à dire. Elle l'avait vue regagner, le ventre rond, la colocation quittée pour quelques mois. L'ingénieur portugais qu'elle croisait souvent sur le port l'accompagnait, mais ses yeux baissés au sol, ses gestes lents, leur poids : tout disait la fin d'une histoire. Il avait vidé le coffre de son 4x4 et porté les quelques sacs qui le remplissaient à peine. Au *Takk firir* timide d'Hinrika, il n'avait rien répondu. Jóna avait compris qu'on aurait besoin d'elle.

Des scènes muettes comme ça, elle en avait vécues autant que vues au fil de ses cinquante années d'existence. La première, au sortir de l'adolescence, au début d'études de musique bientôt oubliées, avec Bjartur, qui ne s'était pas senti *prêt à être père*. Il l'avait aidée, lui aussi, à s'installer, ou plutôt à revenir chez sa mère, avec la vieille Volvo de ses parents. Les yeux baissés, les gestes lourds, comme l'autre, mais de honte, pas de tristesse face à la dame un peu raide qui le regardait en fumant franchir pour la dernière fois le seuil de sa maison. Quatre ans, tout de même, avec lui, en comptant les années de lycée. Et Hlif, la merveille, son aînée si fidèle, sa presque sœur.

Sept ans avec Jonas, le père d'Ella et Hildur, toujours présent dans leur vie, entre deux chantiers de construction. L'ami, l'ancien compagnon trop absent, dont elle ne se détacherait jamais. Cinq avec Gunnar, qui s'occupait d'Erlingur chaque été.

Katrin, qui n'avait connu que Sigurður, le défunt père d'Hinrika, lui avait dit :

— Tu es une nomade, Jóna, j'admire ça, une nomade en amour. Moi, je n'ai jamais pensé prendre un autre homme, après.

Jóna avait répondu dans un sourire. *Même les nomades se perdent, parfois. Mais il y a les enfants, ces merveilles, ces lumières.*

Ces lumières... En l'écoutant, Hinrika avait pensé à ce concours organisé par un journal de Reykjavík, pendant ses études : *Élisez le plus beau mot de notre langue*, disait l'annonce, entre deux sudokus et un article Bien-être. Ljósmóðir, *mère de la lumière*, l'avait emporté : c'était le nom qu'on donnait en Islande aux sages-femmes. Une mère, une voisine, une sage-femme, toute l'équipe de la ferme, un être de lumière à venir : elle se sentait portée, entourée, impatiente d'offrir au monde sa merveille.

— Sais-tu que j'ai accouché de toi en écoutant le chant des baleines ?

L'entendant dire sa hâte de mettre sa fille au monde, Katrin s'était lancée dans le récit ému de ces heures qu'Hinrika connaîtrait bientôt. L'arrivée si attendue de la sage-femme dans sa campagne trop reculée pour rejoindre l'hôpital. Et cette question sortie de nulle part, à Sigurður, pâle comme un linge :

— Avez-vous un lecteur audio, monsieur ?

De la vieille cassette, dont elle n'avait au début entendu que le souffle, la mélopée en échos des cétacés s'était déployée, emplissant tout l'espace, dans la demi-pénombre de la chambre devenue salle de naissance. *Pour vous calmer*, avait dit la mère de la lumière :

— Et pour inviter l'enfant à nous rejoindre.

Hinrika n'avait jamais eu vent de cet épisode, et quand elle le fit remarquer à sa mère, Katrin se tourna vers Jóna, qui acquiesça. *Chaque chose en son temps*, semblait dire le sourire des deux femmes, *maintenant, tu es prête à entendre nos histoires.*

Samedi, Alvare décida de dormir une partie de la journée. L'errance automobile de la veille l'avait fatigué, son absurdité. Aucun soulagement, même passager, n'avait allégé cette journée où s'échapper s'était avéré vain. Il était arrivé à l'hôtel, sur le parking presque désert, résigné à la fade mais brève discussion que la réceptionniste en faction ne manquerait pas de lancer. À l'heure du dîner, le *room service* lui avait évité le spectacle de la salle du restaurant aux trois quarts vide sous ses halogènes tamisés. Le sommeil était vite venu, et les rideaux capitonnés avaient, le lendemain, longtemps maintenu l'illusion d'une nuit épaisse.

Au déjeuner, il avait regardé sur l'écran de son MacBook les photos de Darcie, la jeune anglaise rencontrée la veille : elle allait partir vers les Féroé sur le Nörrona et avait voulu immortaliser l'accostage du ferry en ville. Sur l'une d'entre elles, on devinait son banc : Ásgeir y fumait et Hinrika, le ventre rond, le visage plein et serein, regardait au large. Quelques clichés plus loin, la silhouette du Nörrona grossissait peu à peu, se précisait puis avançait jusqu'à envahir tout le champ de l'appareil. La passerelle se déployait.

— C'était super impressionnant, comme si une bête gigantesque descendait sur la ville.

Alvare regretta d'avoir manqué le spectacle, mais la présence du ferry à quai le réjouissait. Il allait pouvoir se fondre dans la modeste foule des arrivants, dont les premiers patientaient déjà à la réception dans l'attente de leur chambre. Le restaurant résonnerait d'autres voix, d'autres langues, et Flúðirfjörður s'ouvrirait une nouvelle fois au monde le temps d'une escale. Il proposa à sa compagne d'un jour un verre à sept heures au bar, la remercia pour les images, et partit tuer le temps en dormant.

Il sortit de sa chambre à sept heures cinq pour ne pas arriver trop tôt au rendez-vous, si informel fût-il : il était pourtant prêt à franchir le seuil de sa porte depuis longtemps déjà. Ce n'était pas l'impatience qui le rongeait, mais cette agaçante immobilité des choses, tout autour de lui, dans une chambre standard si neutre qu'elle n'évoquait rien. Du fond du couloir, au troisième étage, il n'entendit tout d'abord que le bruit étouffé de ses pas sur le tapis rouge acrylique. La rumeur mêlée des éclats de rire et des voix n'arriva qu'après, au détour de l'escalier qu'il descendait maintenant d'un bon pas. Du français, de l'espagnol, de l'anglais : des reliefs sonores qu'il retrouvait chaque semaine avec plaisir, comme s'il se purgeait de l'âpre et rugueux islandais.

Darcie, qui le sauvait, et lui en retour, d'un embarrassant séjour solitaire en bout de bar, l'accueillit d'un très britannique geste de la main et la conversation roula bientôt sur ses projets et ses voyages à venir. Il donna le change au rythme des pintes fades de lager locale qu'ils partagèrent machinalement, et prit plaisir à n'être plus qu'un furtif compagnon de voyage, sans passé ou futur avec celle dont il aurait sans doute dans quelques jours oublié jusqu'au nom. Ce n'était pas un marché de dupes, mais un échange de bons procédés. On évita les silences, et la transition vers une table pour deux permit de passer au vin et à un autre point de vue sur la salle, qui se remplissait maintenant de passagers heureux d'avoir enfin touché terre en Islande.

Alvare parlait maintenant de lui. Il nourrissait un flot de paroles sans importance. Elles n'avaient d'autre vertu que de le montrer vivant, brillant si possible, fier d'un parcours déjà riche et prêt à partir accomplir plus encore. Interrogé sur ses propres projets, il s'entendit débiter une litanie – *Detroit : urban farming, Indonesia : seaweed-culture, Oslo : Roof-top farming* – inventée au fil de ses pensées. S'y mêlaient des articles lus en ligne, des noms entendus çà et là à la ferme, des visions floues du futur qu'il devrait s'inventer. Il se trouva convaincant : le silence intéressé de Darcie semblait lui dire qu'il avait encore des choses à vivre.

Ásgeir apparut le premier. Ce fut sa main qui, d'une légère tape dans le dos, l'arracha à ses faux discours vaniteux. Toute l'équipe était là, et il se prit sans même y penser à présenter Darcie, à distribuer accolades et sourires, comme si rien n'avait changé.

Encore là, Alvare, tu n'arrives pas à quitter l'Islande, hein... Tu es toujours le bienvenu à la ferme, passe quand tu veux... Qu'est-ce que tu as en tête pour la suite, avec tes compétences, le monde est à toi... Il se retrouvait bien malgré lui au centre du petit groupe soudé qu'il avait côtoyé. On venait maintenant, par pure convenance et parce qu'il était là, saluer un éphémère compagnon de route. On l'écouta, opinant du chef, saluant l'annonce d'un projet – *C'est encore un peu flou, mais...* – ou un éloge convenu des charmes de Flúðirfjörður – *il y a peu d'environnements de cette qualité, et vous, quelle équipe...* Puis les sourires se figèrent un peu trop longtemps, les regards se tournèrent vers des verres un peu trop vides. Le cercle se disloqua peu à peu, au rythme des amicales tapes sur l'épaule. On en avait fini du simulacre, on avait fait ce qu'il fallait faire, que dire de plus, à quoi bon ? *Un bon gars, cela dit...*

La conversation fut bientôt au point mort. Deux ou trois anciens collègues, peut-être authentiquement touchés par son départ, restaient encore à ses côtés.

Puis il vit Hinrika, en retrait, s'appuyant sur une chaise, le saluant sans parvenir à sourire tout à fait.

Il sut pourquoi il était venu là, pourquoi il s'était saoulé de paroles et de rires, pourquoi il avait voulu, ce soir, être léger.

Au-delà des lumières de la salle, il sentit que la nuit était froide. Elle allait, en ces temps d'automne, s'allonger un peu plus chaque jour, jusqu'à l'emporter sur un soleil convalescent, sans force, presque muet. Il eut l'impression, soudain, d'avoir basculé. Il était seul, ne les entendait plus, les voyait vivre, bouger à côté de lui. Il invoqua l'âge, la fatigue, un projet très matinal de marche, demain, avant l'aube. Il confia à leurs bons soins son Anglaise de passage, ravie de se trouver ainsi catapultée dans un groupe de locaux.

Il contourna la table et laissa derrière lui, à pas lents, ce petit monde de voix et de lumière auquel il n'appartenait plus.

Hinrika s'était d'abord émue de voir ce fantôme : Alvare, d'abord au bar, puis à une table, avec une jeune femme dont elle ne devinait que le dos. Elle la voyait qui l'écoutait, acquiesçait, souvent, relançait parfois d'un geste interrogateur. Comme elle l'avait fait elle-même, après l'avoir longuement observé à la ferme, sans trop oser lui parler. Puis il y avait eu, au fil du temps, ces soirées à observer et moquer les vies de passage des touristes débarqués du ferry. Et leurs nuits, leur courte vie commune.

Ásgeir, la voyant perdue, absente, immobile, fit signe à toute l'équipe et se leva. Hinrika vit Alvare le saluer et avec lui, toute la troupe de la ferme. Cela ressemblait à des retrouvailles avec un vieux pote et dans la salle, quelques regards inquisiteurs se demandaient qui pouvait être ce brun du sud si familier des gens d'ici.

Hinrika, elle, n'avait pas bougé. Elle le regardait encore serrer des mains, répondre aux questions qu'elle devinait sans les entendre. *Quoi de neuf, et maintenant...* C'était bien lui, droit et beau, poli à l'excès. Mais à le voir jouer le jeu de cette fausse connivence, il lui fit l'effet d'un vieux comédien fatigué, plus très convaincu de la partition qu'il débitait maintenant en automate. Elle se demanda ce qu'elle avait vraiment connu de lui, au rythme de ces mois pourtant heureux et doux. Et si leurs silences, en apparence si pleins de sens, n'avaient été qu'un leurre ? Quand s'étaient-ils *dit les choses*, sinon à la fin, qu'il avait acceptée sans combat ?

Autour d'Alvare, le cercle s'était déjà singulièrement éclairci. On n'avait ici pas plus de talent qu'ailleurs pour ces faux élans de sympathie. Quand elle croisa son regard, sa main se leva en un signe, un au revoir, peut-être, elle ne savait pas très bien. Elle pensa qu'il allait approcher, mais il disparut bientôt derrière la double-porte du bar. Il s'effaçait une fois de plus. Hinrika guettait en elle un signe, une angoisse, une boule au ventre qui lui dirait de courir après lui, de l'inviter à revenir dans sa vie. Mais rien ne venait, et lorsque la porte cessa de battre, elle entendit de nouveau – fortes, vives, là à ses côtés – les voix qui peuplaient la salle et la rappelaient à elles. Non, Alvare était – déjà – parti. C'était bien un fantôme, mais il ne manquerait pas à sa vie.

Elle aurait pu se sentir coupable ou redevable, mais il n'en était rien. Posant les deux mains sur son ventre, c'était, tout au contraire, sa puissance de future mère qui l'étonnait : elle portait l'enfant, l'élèverait, travaillerait, leur forgerait un futur forcément radieux.

Hinrika, lorsque Ásgeir revint s'asseoir à sa table, souriait en se tenant le ventre. Il prit place en silence, levant son verre à l'enfant à venir.

Alvare, sortant du bar, eut la soudaine impulsion de partir : rejoindre Keflavik et fuir ce qui n'était déjà plus. La Toyota l'attendait, les clés empesaient sa poche droite : c'était simple. Le froid, sur le parking, le sortit de sa torpeur et il ouvrit la porte de la voiture comme il eût ouvert celle d'un refuge.

À l'embranchement sans feux qui se profilait devant ses phares, il donna un coup de volant et prit à gauche : en roulant d'une traite, il serait à l'aéroport dans moins de cinq heures. Dans la chaleur de l'habitacle, il ne percevait plus rien des paysages traversés. Il se souciait peu de sa vitesse, que la parfaite obscurité avait rendue abstraite, toute relative. Il filait à vive allure et seuls les rares virages qui se jetaient sous ses roues lui faisaient lever le pied. Au rythme des panneaux révélés par le faisceau des feux de route, il effaçait les kilomètres, calé en cinquième, bercé par les bruits de roulement des larges pneus crantés.

On devinait à travers les vitres un immense silence, des étendues désertes, livrées au bon vouloir des éléments. Seule la route postulait l'existence, quelque part, d'un lieu de vie humain, qu'il traverserait bientôt au ralenti, sans s'y arrêter. Höfn serait le premier, il serait à peine aperçu puis avalé par la nuit. Il prit le parti de ne rien en voir, de ne surveiller que la jauge du réservoir, pour l'heure bien haute. Il roulerait au rythme de l'aiguille descendant imperceptiblement jusqu'à toucher la zone rouge. L'écran du GPS était éteint, la radio restait muette, et d'une pression constante du pied droit, il maintenait sa vitesse. Il se sentait vidé et éveillé, fatigué et vivant. Soulagé d'échapper à Flúðirfjörður, à l'attente, entre ces rues trop longtemps arpentées, de ce qui serait à la fois un début et une fin.

Les cadrans lumineux du tableau de bord, les vibrations de la route à travers le siège, le monde réduit, cent mètres en avant de la voiture, à des fragments de route aussitôt effacés : dans cet univers clos et mouvant, il avait perdu toute notion du temps. Sur certains panneaux apparaissaient des distances, qui lançaient vers la prochaine destination un compte à rebours bientôt réduit à néant : Jökulsárlón, 34, 22, 18, 14, 8, 5 km. On lui proposait de dévier de sa route vers un phare, on l'avertissait de la longueur d'un pont, avant que ces mots ne retrouvent l'anonymat de la nuit noire.

Il avait entrouvert sa fenêtre pour ne pas céder au sommeil. L'air froid sifflait à sa gauche et le faisait frissonner. Il entendait parfois gémir les suspensions sur un sommet de côte abordé un peu vite, mais ne ralentissait pas. Il voulait vivre dans ce flux, en mouvement, ivre de sommeil, sans autre but que de d'échapper à tout. Il regarda la jauge et s'étonna de la voir descendue d'un quart : il avait déjà roulé plusieurs heures et aborderait bientôt Vik. L'horloge digitale marquait 02:06, et il pensa avec plaisir : *Me voilà seul au volant en pleine nuit, libre d'aller ou d'arrêter, personne ne sait que je suis là, je pourrais m'évanouir, disparaître, sortir de la route et me rompre le cou, peu m'importe...*

La voiture filait, fluide et docile. Il conduisait d'une main sûre. Sur les bas-côtés givrés, les herbes affolées par le vent s'agitaient sous les phares en un étrange ballet hypnotique et absurde. Vik était depuis longtemps dépassée, dans cet étrange périple à rebours, qui effaçait au fil des kilomètres une année de vie. Alvare ne pensait plus, seules ses mains sur le volant et le poids de son pied sur l'accélérateur le rattachaient au monde physique. Il savait qu'il approchait de Reykjanes, qu'on annoncerait bientôt Keflavík International Airport et quinze, vingt ou trente minutes après, le sourire géant d'une hôtesse d'Icelandair lui souhaitait déjà bon voyage.

Alvare ralentit : un embranchement lui demandait de trancher. Un halo lumineux laissait deviner l'aéroport au loin, mais à droite, on lui proposait aussi Reykjavík.

Le réservoir rendit l'âme un peu avant cinq heures, dans les faubourgs de la capitale. Un employé plus endormi que lui s'affaissait sous les néons de la station N1, et lui tendit sans un mot ou un regard son reçu. Il but son café fumant sur le capot de la voiture, baigné dans une froide lumière désincarnée, sous l'enseigne rouge géante qui défiait la nuit. Il apprécia le silence absolu de ce lieu posé là, au bord de la route, et s'en arracha à regret.

Il était déjà huit heures lorsqu'il retrouva Höfn, mais une épaisse chape d'encre obscurcissait encore le ciel. Rien ne laissait deviner la prochaine venue du jour et on eût pu sans mal se croire captif d'une inexplicable nuit éternelle. Décembre était bien là : une lumière paresseuse redonnerait vers onze heures des couleurs muettes aux villes déjà anesthésiées par cet hiver sans neige, puis cette faible lueur s'étiolerait avant de disparaître quatre heures plus tard. Alvare roulait de nouveau vers Flúðirfjörður. Il avait singulièrement ralenti, épuisé ou encore étonné d'avoir rebroussé chemin. Rien ne l'expliquait, mais il s'était dérouté de l'aéroport et de son halo.

Un policier poli mais insistant l'avait délogé en frappant sur sa vitre : il s'était endormi en bord de route, dans les faubourgs de Reykjavík. Il ne pouvait rester là, il fallait circuler. Il avait acquiescé, puis s'était redressé, engourdi et brumeux, avant de faire demi-tour.

Un plein d'essence et cinq cents kilomètres plus loin, la Toyota retrouvait le parking de l'hôtel. Il franchit, la tête et les jambes lourdes, le hall du Traveller's Haven et ne répondit pas aux questions amicales de la réceptionniste. Il eut encore le courage de pendre le *Please do not disturb* sur la poignée extérieure de la 301. Sans se déshabiller, il s'assit sur le bord du lit. Le matelas qui fléchit l'invita à s'étendre.

Il dormit dix-huit heures d'affilée.

Quelque chose en lui avait donc décidé de rester. Partir avant la naissance était bien impossible. Dans cette sourde et lente dérive, c'était là son unique certitude. Le seul droit, aussi, qu'il s'octroyait en cet asile provisoire où d'une aventure banale allait naître son premier enfant. Les jours suivant sa fuite avortée furent étrangement calmes. À Flúðirfjörður, il n'était plus qu'une curiosité. Hinrika lui parlait toujours avec calme et patience, mais en le regardant à peine. Tout un réseau solidaire et expérimenté de mères seules l'accompagnait, sans rien demander en retour. Sa communauté était là, et Alvare s'y sentait comme un corps étranger qui allait bientôt s'éliminer de lui-même. C'était vrai : il n'avait pas vocation à s'établir ici. Il n'y serait bientôt plus le bienvenu. On respectait pour l'heure la volonté d'Hinrika : *Il veut voir l'enfant naître, je lui dois bien ça.* Personne en ville ne lui en contestait le droit. Après, il serait temps de partir.

Il tenta de nouveau de lire, mais Pessoa ne l'aida guère. Les quêtes avortées d'absolu, les faux départs, la puissante mélancolie du quotidien, la conscience aiguë de sa différence : toute cette intranquillité lui tendait un miroir d'une trop grande acuité. Et la beauté de sa langue n'arrangeait rien : elle devenait le chant pur et douloureux de l'échec, qui s'épuisait sans se taire tout à fait. Chaque jour, il reposait au creux d'une page l'Asphodèle de Galice encore intacte. Son blanc un peu passé ne tranchait plus sur le papier vélin de sa vieille édition. Il la regardait un instant, puis la faisait disparaître au cœur de ce livre-vie qui disait : *On peut être exilé au cœur du monde, on peut y flotter sans toucher terre, on peut s'y perdre sans retour.*

Il eut un long moment d'atonie. L'image d'Hinrika au bar de l'hôtel, sans s'effacer, se troublait, disparaissait par instants. Il peinait à la ressusciter, comme si la réalité tout entière de sa vie ici, dans le fjord, perdait de sa vigueur, se faisait abstraite. Son quotidien devint mécanique, pris dans la répétition de ces gestes essentiels que l'on fait sans penser. Il parlait à l'occasion au personnel de l'hôtel ou à des touristes de passage, mais ces échange éphémères étaient désincarnés, emplis du vide de mots prononcés sans y croire, pour passer le temps ou par simple politesse. Ses trajets prirent la forme d'un cérémonial accompli sans autre but que de faire quelque chose. En ville, on s'inquiéta de cette présence, certes furtive et discrète, mais hautement étrange : que faisait-il là, à arpenter les mêmes rues, à marquer avec précision les mêmes arrêts, l'air pensif, le pas lent, sans un mot ?

Au restaurant de l'hôtel, on ne faisait pas tant d'histoires. Un bon client, M. Alvare, qui commandait toujours la formule du jour, accompagnée d'un verre de vin. Jamais de plainte, pas un mot de trop, toujours correct avec le personnel. On n'allait pas chercher plus loin. La 301 était bien tenue, loin des excès de certains touristes qui ne montraient ni respect ni retenue. Il était devenu, en un mois, la silhouette que l'on croisait matin et soir, l'unique pensionnaire à long terme du Traveller's Haven, et à ce titre, on le saluait avec entrain, presque affectueusement.

La neige finit par arriver, et avec elle, la vie ralentit encore. Elle manquait jusqu'ici au décor, et on l'accueillit cette année-là moins comme une fatalité qu'une invitée apparue un peu tard, sans joie ni déplaisir. Le fond de la baie avait eu le temps de geler avant les premières chutes, et deux cascades de glace figeaient déjà les rivières qui se jetaient en ses eaux. Elle n'eut qu'à recouvrir, en deux tempêtes d'un jour, ces surfaces froides et lisses prêtes à l'accueillir, et le silence enveloppa Flúðirfjörður.

Alvare hiverna. Il devint une ombre. Janvier rendait tout plus simple, puisque la nuit ne cessait de gagner sur le jour qui capitulait peu à peu. Privé de son astre et de sa lumière, il battait en retraite, s'épuisait à briller faiblement quelques heures avant de s'effacer. On pouvait vivre dans cette demi-pénombre une existence minimale, sans dépense d'énergie, soumise à cette nuit de vingt heures qui laisse à peine le temps de s'éveiller.

Hinrika s'étonnait, quant à elle, de n'être pas gagnée par la sourde léthargie qui s'abattait sur la ville. C'était pourtant, chaque année, la même torpeur nécessaire qui disait à tous de ralentir, de ne pas lutter, puisque le froid et l'immobilité allaient l'emporter. Elle avait connu ce difficile moment où le corps et l'esprit basculent en mode hivernal, où gestes, paroles et pensées s'engourdissent, où l'idée même d'effort devient absurde et inconsidérée.

Mais pas cette fois, pas cet hiver. On vivait, on grandissait en elle. Elle était devenue ce ventre qui avait effacé jusqu'au souvenir de son corps d'avant. Chaque coup de pied, chaque combat contre une volée d'escalier trop raide, loin de l'épuiser et de la désespérer, la rappelait à cette joyeuse évidence : sa fille était déjà bien là, il ne restait, comme l'avait dit la sage-femme à sa mère, qu'à l'inviter à nous rejoindre.

Aux bains municipaux, Alvare et Hinrika se croisaient souvent, sans presque se parler. Était-ce le lieu, calme mais peuplé de figures familières ? Une pudeur face à leurs corps devenus étrangers l'un à l'autre ? Ils se saluaient sans se toucher, pudiques comme des adolescents timides, presque gênés de ne savoir quoi dire. Puis chacun disparaissait dans la vapeur des bassins.

Lui se tenait à part, saluant parfois ses anciens collègues, qui ne s'interrogeaient plus sur les raisons de sa présence, maintenant connues de tous. Il n'était guère qu'une anomalie passagère à laquelle la communauté s'était faite, et si on le remarquait encore, on l'ignorait sans hostilité aucune. Elle ne venait jamais seule, si proche du terme. Jóna l'accompagnait souvent, et se souvenait de ces heures délicieuses où l'eau délivrait un moment de la pesanteur et berçait tout ensemble la mère et l'enfant à venir. D'Hinrika, elle ne devinait, dans le *caldarium,* que le visage, yeux fermés et plissés, pommettes hautes, et le ventre, éminence ronde cerclée par l'eau calme. Tous ses enfants avaient connu, avant leur naissance, le même bonheur et il était impossible, aujourd'hui encore, de les arracher aux bains, ce cœur vivant de la ville, toujours ouvert aux corps et aux âmes fatigués.

Moins d'un mois : le terme était donc proche. Entre Hinrika et Alvare, les rares échanges ne se faisaient maintenant que par messages interposés. Quelques lignes neutres sur l'écran d'un iPhone pour donner les résultats d'un ultime test, rien de plus. Il la savait impatiente, s'étonnait de ne voir chez elle aucune trace évidente de fatigue. Elle accoucherait chez elle, dans cette colocation devenue gynécée, entourée de quelques femmes choisies, loin du regard des hommes. D'une fille dont elle lui avait dit qu'elle se nommerait Alvarsdóttir.

Elle ne porterait pas le nom de sa famille, elle ne serait pas une Sarmento de Lisbonne. Mais ce patronyme, Alvarsdóttir, inscrirait en elle une mémoire, celle de cette figure absente qu'il deviendrait bientôt. La fille d'Alvare grandirait ici, et lui serait loin. Pas de souvenirs communs à évoquer lorsque, trop vite grandie, elle en viendrait à regretter la douceur de l'enfance. Pas de paroles échangées, pas de gestes quotidiens pour cimenter les liens. Rien qu'un nom. Le porterait-elle avec fierté ? Ou comme une croix, moquée par les Leifson et les Guðmundsdóttir du village ?

Il flottait chaque jour dans l'eau soufrée portée à cinquante-trois degrés par la géothermie, et la chaleur nimbait ces questions d'un voile d'incertitude. Elle allait naître, il serait là : au-delà de ces maigres vérités, il ne savait rien.

Dans les vapeurs du bassin, délesté de la tension née de l'attente, il s'imaginait les vies de l'enfant, ce qu'il lui enverrait, les messages qu'il devrait inventer pour exister un peu. Il comptait les années : quel âge aurait-il lorsqu'elle aurait dix ans ? Combien de fois la reverrait-il d'ici là ?

Dans un bassin voisin, Hinrika, elle, s'exerçait à ne pas penser. Elle ne voulait, de ces moments engourdis, rien garder que la sensation de ce ventre habité qui flottait à son rythme. Lorsqu'elle se mettait à l'eau, la petite s'agitait un moment, puis ne bougeait plus. Fermant les yeux à son tour, Hinrika l'imaginait lovée, dormant en elle, à l'abri, loin de la vaine rumeur du monde.

Engourdi par l'eau qui le portait, Alvare s'était plusieurs fois pris à fermer les yeux et n'émerger qu'en coulant, à moitié suffoqué, sous les discrets regards moqueurs des habitués du lieu. Il achevait toujours sa visite par un passage dans le *frigidarium,* qui le ramenait au monde et saisissait ses chairs anesthésiées. Puis il marchait d'un bon pas vers l'hôtel, dans le froid polaire qui tenait maintenant l'Islande entière sous sa coupe, et tout lui semblait plus clair, normal, acceptable, presque heureux.

Le samedi, rares étaient les touristes qui débarquaient encore du ferry. Les guides étaient redevenus menuisiers ou commerçants, les motoneiges et les bus 4x4 dormaient à l'abri des hangars, et ceux qui arrivaient encore du Danemark étaient là pour affaires. Il y avait souvent parmi eux des clients de la ferme, qui prospérait. Au cœur de l'hiver nordique, on était encore plus friands de ces fruits et légumes frais, pulpeux et croquants, qui défiaient les saisons et ne décevaient jamais. Teningur bænum occupait maintenant l'intégralité de l'ancienne pêcherie, et la chaîne logistique garantissait à l'acheteur prêt à y mettre le prix des produits disponibles en tout temps. On pouvait même adapter la production à la demande et inonder les meilleures tables de Copenhague ou d'Oslo de tout ce que les matrices cubiques pouvaient porter jusqu'à maturité. Les restaurateurs, d'abord dubitatifs, avaient vite compris, face à la qualité et la constance de TB, qu'un partenaire de choix venait d'émerger. Le Consortium Ville Verte n'avait pas failli à ses promesses, en investissant dans le développement de ce qui n'était plus un projet, mais un modèle économique devenu viable. Daria Mansour, maintenant chargée de communication pour le groupe tout entier, avait fait un rapide passage à Flúðirfjörður, pour donner à la Ferme cubique l'écho médiatique qu'elle méritait. Peu après, on vit fleurir, dans des publications d'abord spécialisées puis généralistes, d'élogieux articles sur ce mode de production sinon bio, du moins parfaitement écoresponsable. Sans oublier le goût, fabuleux, vanté par les chefs stars d'Instagram.

Alvare avait anticipé tout cela et il s'en réjouissait pour Hinrika, pour l'équipe, pour l'enfant. Il avait bien demandé à Daria, croisée au bar de l'hôtel, d'intercéder pour lui auprès de Darcheville. Il pouvait être utile ici, c'était maintenant évident. Elle lui répondit poliment : *Oui, on en parlerait, bien sûr.* Mais il comprit que sa cause, déjà perdue, ne serait jamais plus plaidée en haut lieu.

Il avait beau l'occulter, l'après se rappelait sans cesse à lui. Il faudrait bien continuer à vivre quelque part, faire quelque chose, pour ne pas errer sans but, aussi prisonnier qu'il l'était aujourd'hui. Sa situation n'était pas critique, loin de là : il était Européen, diplômé d'un domaine en constante expansion, expérimenté mais pas encore trop cher. On voudrait de lui, dans des activités de conseil, sur le terrain à la tête d'un projet ou de nouveau comme observateur avisé. C'était évident, trop facile : consulter les offres, postuler, convaincre lors d'un entretien puis s'entendre sur les termes du contrat. S'installer, travailler. Toute cette chaîne connue et facile d'habitant privilégié du premier monde.

Il aurait voulu être aux abois, contraint de trancher sous la menace. Mais aucune fatalité ne daignait s'abattre sur lui. Pouvait-il seulement invoquer le désespoir, le déchirement de ne pouvoir être père ? Il fallait être honnête, la réponse était non. Il était condamné à une forme bien banale de malheur, sans noblesse ni grandeur, fille de l'éternel débat intérieur d'un homme flottant entre deux eaux. Il n'était pour ainsi dire ni complètement pathétique, ni totalement remarquable.

De Flúðirfjörður, il repartirait avec cette certitude : rien de terrible ne l'avait frappé, rien qui eût pu donner à sa vie l'esquisse d'une forme. Son destin refusait obstinément de se dessiner.

La Toyota ne fut pas difficile à vendre : on appréciait ici ces bêtes rustiques et dociles, increvables, indifférentes au grand froid des tempêtes. Le maire fut ravi de reprendre le *leasing*, et lorsqu'il lui demanda s'il pouvait encore quoi que ce soit pour lui, Alvare n'hésita pas. Y aurait-il moyen d'organiser, aussitôt que possible, son transport vers l'aéroport de Keflavik ? Pas de limite de budget, il paierait le courageux qui affronterait le blizzard annoncé et les possibles fermetures de route. Le tout était de rejoindre la R1 au plus tôt, on éviterait sans doute un demi-tour forcé et l'attente sans garantie d'une incertaine accalmie.

À peine avait-il regagné l'hôtel qu'un message s'afficha sur l'écran de son iPhone : à deux heures, devant le hall, un Range Rover noir. Bjartur Kjartansson devait se rendre à Reykjavík, il ferait un détour pour lui par Keflavik. Il n'était pas nécessaire de le payer, financer un plein d'essence suffirait.

Il vécut sa dernière heure à Flúðirfjörður dans le calme de la 301. Ses possessions étalées en piles dispersées sur le lit gagnèrent avec logique ses deux valises, en un rituel répété depuis ses premiers voyages. Faire ses bagages : dans cette antichambre du départ, il ne pensait plus. Un jean, un rasoir et son blaireau, son vieux Nikon F : chaque vêtement, chaque objet arraché au quotidien quitté le détachait un peu plus des lieux. Plier, ranger, refermer, descendre les trois étages. Rendre la clef puis régler très vite sa note à la réception, prévenue par ses soins à son retour de la mairie.

Tout se fit très vite. Il était déjà en transit, posté à l'abri de la double-porte automatique du Traveller's Haven. Au-delà, on ne voyait rien que le vent qui déplaçait d'invisibles masses de neige légère et faisait vibrer les baies vitrées du restaurant. Une silhouette noire émergea à l'entrée du parking, les portes s'ouvrirent et il avança d'un pas neutre vers le coffre qui se soulevait déjà.

Sa fille était née un mois auparavant. Il avait reçu, deux jours avant le terme, un message d'Hinrika, à peine remise d'un accouchement court mais violent.

Elle est là, elle est magnifique.
Comment veux-tu l'appeler ?

Elle était là, elle était née. Il y avait un monde entre la petite fille de ses rêveries aquatiques et l'enfant maintenant présente, à cinq cents mètres tout au plus de lui. L'invitait-on à venir la voir ? Lui demandait-on à distance un prénom ? Ses mains nerveuses et sa tête vide restèrent un moment sans mouvement face au curseur qui clignotait. Que fallait-il répondre ? Il effaça à mesure qu'il les tapaient les formules creuses qui lui venaient sous les doigts. *Belle nouvelle ! comment tu te sens ? Wow ! C'est dingue...* Puis il écrivit sans trop savoir pourquoi : *Parabéns ! Bem-vinda, Inês.*

Et attrapa son manteau.

Dans la rue, le froid rendit à ses idées une part de leur clarté. Ses pas trop rapides glissaient sur la neige fraîche. Il aurait dû ralentir, planter le talon pour s'ancrer, patiemment progresser sur le trottoir entre les deux congères. Mais il voulait courir, s'époumoner, grimper quatre à quatre les escaliers de l'immeuble sans âme qui abritait sa fille. Il avançait tête nue par moins dix d'un réverbère à l'autre, passant de l'ombre à la lumière blafarde, trébuchant parfois, déjà hors d'haleine, tel un ivrogne anonyme cherchant le chemin du retour.

Arrivé dans le hall, il se sentit pris de vertige et attendit que son cœur redevenu docile permette à ses jambes flottantes de gravir quelques marches. Il tâtonna, et un long couloir dallé de faux marbre s'éclaira. Appartement 209, ne pas sonner, se calmer.

Il attendit un long moment devant la porte, n'osant frapper de nouveau, effrayé à l'idée de commettre un impair. Puis il entendit la voix d'Hinrika. Des pas discrets se rapprochèrent. Ce n'était pas elle mais sa mère, Katrin, qui entrouvrit juste assez pour dévisager le visiteur nocturne. Elle s'effaça sans un mot et indiqua d'un geste la chambre, où un antique abat-jour orange en tissu diffusait une lumière sourde. Il reconnut Jóna, vue aux bains, et la salua en silence.

Dans le lit, il n'aperçut d'abord qu'Hinrika, soutenue par un bataillon d'oreillers, les traits las mais rayonnants. Elle l'invita à s'approcher et il la vit, lovée, immobile, minuscule. Quelques cheveux ornaient symboliquement son crâne rond, et ses mains recroquevillées cherchaient la chaleur et la sécurité du ventre tout juste quitté. Elle ne dormait pas, mais sembla regarder à travers lui lorsqu'il croisa son regard. Que voyait-elle du monde ? Qu'en sentait-elle ? Hinrika la tendit vers lui, il passa la main derrière sa nuque et la souleva pour la loger contre lui. Elle ne pesait rien. Ses jambes arquées étaient frêles. Elle tenait tout entière sur son avant-bras.

Elle était chaude et son odeur, inconnue mais plaisante, le fit sourire. Il n'entendait que sa respiration, qui chevrotait parfois lorsqu'un tressaillement la prenait. Derrière les lourds rideaux tirés et la porte close, le monde n'existait plus. Tout se jouait ici, sans paroles ou pensées inutiles, car le seul présent suffisait. Il n'osait bouger et respirait à peine. Il était heureux, le miracle était là, la belle évidence. On pouvait échapper à tout, par la grâce d'une enfant née une nuit d'hiver d'une courte aventure déjà presque lointaine. Elle était là, elle vivrait une belle vie, il le savait.

Ils parlèrent à voix basse, lentement, se ménageant l'un l'autre. Ils avaient encore quelque chose à partager, ici, dans cette chambre. Cet ultime moment, peut-être, où Alvare pourrait jouer le rôle qu'il quitterait bientôt. Hinrika était calme, radieuse, il la retrouvait plus forte, comme aguerrie. Elle serait une mère indépendante et aimante.

Il devait, dit-elle, reconnaître sa fille sans tarder, car ils ne vivaient pas sous le même toit. Elle serait ensuite inscrite au Registre national sous le nom d'Alvarsdóttir. Quant à son prénom islandais, un seul l'avait séduite, un nom ancien, peu donné : Bryndís, la déesse à l'armure. Et lui, en retour, raconta comment Inês de Castro, la reine morte, avait été aimée par Pierre, envers et contre tous. Bryndís Inês Alvarsdóttir : quel héritage... Elle serait parée de tous les dons, c'était certain. Hinrika hésita un instant, puis lui dit :

— Et si tu restais un mois de plus, pour la voir grandir un peu ?

Il s'installa à l'arrière – il se pourrait qu'il dorme, désolé, il était épuisé. Le siège en cuir de la voiture lui parut froid, et il limita au strict minimum les salutations et remerciements à son pourtant providentiel chauffeur. Il voulait qu'on roule vite, qu'on le dépose aussi près que possible d'une anonyme porte d'embarquement. Au dehors, le blizzard effaçait toutes les lignes, refusait à ses yeux pourtant collés à la vitre le spectacle de la ville que l'on quitte. Il chercha à droite, à gauche, derrière lui la silhouette de l'immeuble, la fenêtre du 209, mais la neige mêlée au vent rejetait tout dans l'indistinct. Sur cet éblouissant écran mouvant, le passé se troublait sans retour, et il peinait à ramener à lui les souvenirs lumineux de ce mois béni. C'était comme une apocalypse, on cherchait à gommer le passé, les éléments lui disaient qu'il n'emmènerait rien d'ici.

Toute cette blancheur opaque cachait un trésor bien fragile, et lorsque la voiture quitta la rue principale sous les réverbères courbés par le vent, il sentit que le lien se distendait déjà, que le sommeil d'Inês, jour après jour, effacerait un peu plus la trace si ténue de leur courte existence commune.

Elle avait pourtant existé. On l'avait admis dans le cercle restreint du premier mois. Il avait oublié que cela ne durerait pas. Il l'avait bercée et promenée lorsqu'elle ne dormait pas. Il l'avait nourrie, regardée si longtemps qu'il en avait cessé d'exister. Il lui avait cédé un doigt lorsque le biberon était vide. Une nuit, elle s'était réveillée à son approche et lui avait souri. De cela rien, pas même un blizzard, ne pourrait le départir.

Il voulut se forcer à ne pas se retourner, à laisser faire les choses qui l'éloignaient maintenant à vive allure d'un bonheur vrai, vécu, incontestable. Il pensa crier à Bjartur de s'arrêter, et lorsqu'il reconnut l'embranchement qui les menait à la R1, sa main saisit la poignée de la porte. Le Range Rover s'arrêta, clignotants allumés, puis s'engagea au pas sur la Ring Road. Alvare ferma les yeux. La voiture accéléra puissamment et son chauffeur, sur un ton atrocement anodin, lui lança :

Alors tu nous quittes, Alvare ? Tu vas où ? Chez toi ?

Il ne répondit pas et Bjartur, un œil sur le rétroviseur central, en conclut qu'on ne l'avait pas entendu. Son passager regardait au loin, devant lui, la neige danser et faseyer sous le vent. Dans le faisceau des phares, on ne voyait que cette vapeur froide qui fuyait à mesure que le 4x4 l'engloutissait. La voiture flottait au-dessus du sol, se laissait entraîner plus qu'elle ne filait dans la lumière déclinante. Elle n'était qu'un point noir dans la tourmente, petit vaisseau obstiné qui s'acharnait à braver la tempête.

Ils ne croisèrent personne avant longtemps. Bjartur, inquiet d'une fermeture des routes qui le condamnerait à ne pas rejoindre Reykjavík avant le soir, avait allumé la radio, mais Ras 1 ne diffusait que ses habituelles incitations à la prudence. Il avait renoncé à parler, et s'en accommodait très bien. À l'arrière, on fixait toujours la route, les yeux mi-clos. De temps en temps, la silhouette fantomatique d'un silo ou d'un corps de ferme émergeait pour s'effacer aussitôt. Et dans ce *no man's land* blanc, Alvare perdit bientôt toute notion du temps.

L'immobilité le réveilla. Il avait bien senti qu'on l'éblouissait dans son sommeil lorsque le Range Rover avait emprunté la rampe illuminée qui menait au hall des départs de Keflavik. Mais seul le silence qui se fit lorsque Bjartur se rangea le long du trottoir lui fit ouvrir les yeux.

— Et voilà, Alvare, paré pour le départ. *Final stop, Keflavik international.*

Bjartur refusa qu'il le paye, et partit très vite après la poignée de main de rigueur. Ses valises à roulettes à la main, Alvare chercha des yeux, dans le hall encore animé en ce début de soirée, le tableau des départs. Il parcourut les colonnes, les heures et les destinations - 20h05, FI542, Paris - 20h35, BA416, London - 21h15, LF 287, Munich...

Le premier vol annoncé embarquait déjà. Un autre avion, déjà parti, s'effaça dans cette étrange loterie rotative, où il fut aussitôt remplacé.

Il n'avait ni billet ni projet. Juste une carte de crédit, un compte assez provisionné et un passeport accepté dans le monde entier. Il se laissa hypnotiser quelques secondes de plus, puis se rendit à l'évidence.

Ce serait là. Bien sûr. Et il se mit en quête du comptoir commercial.

III

À première vue, c'était un banal globe terrestre. En plastique, rétroéclairé, monté sur un socle pivotant reproduisant l'inclinaison des pôles. Il trônait dans un coin de sa chambre, à l'abri de la lumière, qui se faisait moins rare ces jours derniers : petite, lorsqu'elle l'allumait, elle avait aimé voir les noms et les frontières projetés sur ses murs, et les couleurs pastel des pays, pour certains disparus, qui réchauffaient le décor sinon un peu neutre de son antre d'enfant.

Aussi loin qu'elle s'en souvienne, il avait été là et quand, âgée de quatre ans, elle avait demandé à sa mère comment s'appelait l'objet – *Heim* en islandais, *globe* en anglais – celle-ci lui avait longuement répondu. C'était un cadeau envoyé par son père Alvare pour son premier anniversaire. Elle avait apporté son ordinateur. Sur l'écran, on le vit bientôt, souriant, le globe et une épingle à tête à la main : dans un geste qu'elle n'avait pas compris sur le coup, il perçait la surface souple de l'objet et prononçait ces mots : *Lisbon, Lisboa, Portugal.*

Depuis, combien d'épingles – toujours glissées dans une enveloppe, piquées au dos d'une photo griffonnée – avait-elle reçues ? Plus de quinze, c'était certain. Jusqu'à deux ou trois avaient trouvé le chemin de Flúðirfjörður certaines années. Puis leurs arrivées s'étaient peu à peu espacées.

À chaque fois, elle lisait à voix haute les noms mystérieux d'une ville et d'un pays. Il y ajoutait parfois un État, une région. Elle tournait le globe sur son axe avec gravité, parcourant des yeux chaque continent, éliminant du doigt les zones déjà visitées. Puis elle trouvait au bout d'une ou deux rotations complètes l'endroit tant désiré. La ville où son père, pour un temps du moins, s'était établi. Elle perçait à son tour la surface souple, et la tête ronde de l'épingle venait se placer en orbite au-dessus du nom qu'elle se répétait jusqu'à ne plus pouvoir l'oublier. *Detroit, Detroit, Detroit, Kalabahi, Kalabahi, Kalabahi...* De toutes les villes, celle-ci avait été la plus dure à trouver, nichée au fond d'une baie, à mille kilomètres de l'Australie.

Le globe, au fil des ans, s'était hérissé de pointes multicolores. Allumé, il avait l'allure un peu baroque d'un coussin à épingles. Mais seule dans sa chambre, il lui arrivait maintenant encore de frôler du doigt les têtes rondes. Elle se chuchotait dans un souffle la litanie des lieux habités par son père, et se souvenait de ses émotions d'enfant. Pouvoir l'imaginer là, sur la même Terre qu'elle, l'avait longtemps rassurée. Elle partait de l'Islande, puis suivait des yeux un parcours en ligne droite pour le rejoindre : il n'était pas si loin. Parfois, deux secondes suffisaient à le retrouver, à Lisbonne ou Alger.

Les photos et épingles n'arrivaient pas seules : sur une antique clé USB montée en porte-clés, il les accompagnait de courtes vidéos. Elles commençaient toujours par le ciel, puis embrassaient d'un mouvement circulaire un paysage choisi, avant de revenir sur son visage. *Bom dia, Inês, Hi* : il déviait rarement de son script de départ. Il racontait le temps, la lumière, ses projets, les choses qu'il aurait aimé voir avec elle. Il lui montrait l'objet – une petite statue guatémaltèque, une flèche en bois philippine, un sesterce romain trouvé en Syrie – qu'elle recevrait quelques semaines plus tard dans un colis au nom de *Miss Bryndís Inês ALVARSDÓTTIR*. Elle s'amusait toujours de voir son nom ainsi écrit en capitales, et se disait avec fierté qu'elle était bien sa fille.

Chaque année, à l'école, la même scène se répétait. Elle observait l'expression étonnée de ses nouveaux professeurs au premier appel de son nom. En tête de liste, avant le défilé des Bjartursson, Hilmarsdottir et autres Gunnarsson, la fille… d'*Alvar* ? Invariablement, des regards interrogateurs parcouraient la salle de classe à la recherche de l'intruse. Elle en avait d'abord conçu de la gêne, et plus tard, au collège puis au lycée de Höfn, apprécié la curiosité qu'elle suscitait. Dans ce pays parfois las de sa belle uniformité nordique, deux prénoms, un patronyme exotique, des cheveux noirs sur un visage digne de la déesse à l'armure qu'était Bryndís : tout conspirait à lui garantir l'attention immédiate des camarades de sa cohorte.

Inês, Bryndís… Elle jouait de ce double-héritage, se présentait sous l'un ou l'autre de ses prénoms, au gré de son humeur ou de ceux qui lui faisaient face. *Bryndís* la distinguait déjà. Mais *Inês*, qu'elle prononçait l'air de rien à la portugaise, jetait toujours son auditoire dans une perplexité dont les effets variaient, du hochement de tête un peu figé au sourire incrédule. Certains jours, lorsque l'absence de ce père si différent lui pesait trop, elle se renommait *Bryndís Hinrikudóttir* et redevenait la digne fille de sa mère, ingénieure respectée devenue maire de la ville.

En quittant la petite école secondaire de la baie pour Höfn, elle avait pensé rencontrer d'autres jeunes au patronyme exotique, mais le premier jour de classe l'avait rappelée à l'évidence : son irrépressible étrangeté demeurerait intacte. En elle s'alliaient des contraires, elle serait toujours le fruit d'un mélange qui restait rare en terre islandaise.

À sa fille qui lui demandait un jour, la mine triste devant son globe épinglé, pourquoi son père n'arrêtait pas de le parcourir en tous sens, Hinrika avait répondu : *C'est un homme aux semelles de vent.* Elle ne savait plus très bien d'où venaient ces mots. Mais c'était lui-même, alors qu'ils traversaient à pied un noir sandur, après de longues journées de marche, qui s'était baptisé ainsi.

L'homme aux semelles de vent avait fini par poser ses valises à Flúðirfjörður. Au Traveller's Haven, qui restait le seul hôtel de la ville. Elle l'avait attendu, fébrile. Pendant toute une semaine, avant son arrivée, elle n'avait cessé de refaire le décor de sa chambre, autour de la flèche de bois, du sesterce, de la statue guatémaltèque. À l'école, on l'avait trouvée distraite, trop pâle, agitée, au point de la renvoyer chez elle le jeudi, pour qu'elle prenne une journée de repos.

Il avait franchi la porte de l'appartement le samedi soir. Sa mère avait ouvert en silence, et elle se souvenait encore de son étonnement lorsqu'elle les avait vus s'étreindre brièvement. Hinrika s'était ensuite effacée et elle l'avait découvert, barbu, hésitant, qui s'accroupissait devant elle pour ne pas l'effrayer. Du haut de ses six ans, elle avait reconnu la voix des vidéos, qui prononçait maintenant son nom, mais pas son visage mangé par ces poils hirsutes. Elle l'avait trouvé moins beau que sous le soleil de ses petits films, mais l'avait quand même guidé de la main vers sa chambre, sans dire un mot.

Assis sur son lit, le visage éclairé par le globe alors percé de quelques rares épingles, il lui avait souri, puis avait sorti de son sac un nouvel objet, birman cette fois : un étrange lion à tête d'oiseau en bronze. Elle l'avait posé sur son chevet, aux côtés des autres.

— *Takk fyrir*, Alvare.

— *Ekkert að þakkar*, Inês.

À chacune de ses visites, six au total avant ses dix-huit ans, le cérémonial s'était répété. Cette approche silencieuse, ces salutations qui disaient à la fois la distance et le désir de la réduire. Lui arrivait fatigué, emprunté, conscient de n'être là qu'une présence passagère. Elle l'accueillait comme ce père parcourant des mondes inconnus, menant partout des projets futuristes, venu pour elle dans sa petite ville perdue au fond d'un fjord.

Avec l'âge, ils avaient pu se passer du truchement d'Hinrika. Elle l'interrogeait des heures durant, pour le simple plaisir de l'entendre, sans même prêter attention à ses longues dérives pleines de songes.

Le Gracilaria, une algue rouge, à Kalabahi, dans les petites îles de la Sonde pour produire l'agar agar, un gélifiant biologique, sous l'égide d'une ONG suisse : trois ans à parcourir cet archipel où des pirogues pêchaient encore le thon au cerf-volant...

Un quartier à faible densité voué à l'agriculture urbaine sur des terres données par la mairie, une maison achetée un dollar restaurée à ses heures perdues : deux ans à Detroit...

Des légumes hybrides hors-sol pour un chef étoilé catalan : une année difficile à Barcelone...

Lisbonne, plusieurs fois, auprès de ses parents vieillissants, dans la maison familiale qu'il voulait un jour lui faire découvrir...

Elle s'était souvent demandé à quoi rimaient ces errances. Lui décrivait cette succession comme une évidence : il achevait quelque chose quelque part, puis repartait. En restaient des images, des rencontres, sans doute, qu'il n'évoquait jamais. Et s'il était un point sur le globe qui l'ancrait, l'attirait, c'était ici, dans cette chambre, avec elle.

En se préparant, elle ouvrit machinalement son téléphone : le fil de leurs conversations apparut. C'était de loin le plus long, et il s'était mois après mois ponctué d'images, de vidéos et de messages qui disaient à l'autre de quoi était fait le quotidien qu'il ne pouvait pas vivre. Elle remonta jusqu'à son origine, lointaine déjà : cinq ans. Il y vieillissait sans changer, toujours droit, digne et rêveur. Mais derrière les formules bien tournées, les enthousiasmes d'un jour, les magnifiques lieux traversés perçait aussi un étrange retour du même.

Un message l'interrompit : la voiture autonome qu'elle avait commandée se garait à l'instant même devant Bali. Elle descendit sans attendre et s'installa quelques secondes plus tard au volant. Elle pourrait, si l'ennui la prenait, conduire un peu à l'ancienne, sans assistance ni guidage. La reconnaissance faciale fit démarrer la Polestar, qui s'engagea sans un bruit dans la rue principale. L'assistant vocal lui proposa un programme musical ou des actualités, un film à la demande sans supplément. Elle déclina.

L'appui-tête glissa doucement vers l'arrière, et avec lui, le dossier du siège. L'assise avança de concert, et les cale-pieds intégrés se positionnèrent sous ses semelles. Elle se pencha vers la gauche et regarda, comme à son habitude, défiler les premiers kilomètres de la route. Les seuls sons qui lui parvenaient venaient de l'extérieur, car son véhicule roulait sans bruit mécanique aucun, dans un glissement continu qui invitait au sommeil. Le vent sifflait sur le fuselage effilé de la voiture, et elle eût pu activer le dispositif de suppression acoustique pour gommer les turbulences. Pas aujourd'hui : elle voulait entendre ces volutes sonores. Elles lui disaient qu'elle filait vers Keflavik, et qu'elle le reverrait bientôt.

On ne mesurait qu'au prix d'un effort conscient la vitesse pourtant impressionnante de la Polestar, dont les flottes avaient conquis toute l'Europe, Islande comprise. Bryndis avait fait l'expérience des voitures à l'ancienne et conduit, par curiosité et par défi, la vieille Toyota dont l'ancien maire lui avait un jour confié les clés.

— C'était celle de ton père, va faire un tour !

Quel chaos… L'engin vibrait, se plaignait dans un concert de grincements des maladroits changements de vitesse qu'elle lui infligeait malgré elle. Elle sentait sous ses pieds chaque secousse, chaque relief, et peinait à fixer l'horizon, tant le ballet plastique des essuie-glaces troublaient son champ de vision… Non, on était mieux dans l'habitacle contrôlé de son silencieux vaisseau du jour. De la route, on ne sentait rien, car le siège lui-même compensait en temps réel les imperfections de l'asphalte. Voyageuse immobile, Bryndís se laissait porter et gagner par une douce impatience. Il n'y avait que le temps, finalement, qu'elle ne pouvait accélérer.

Elle se demanda si les cheveux blancs l'auraient, en cinq ans, emporté sur la masse brune et drue qui le coiffait telle une herbe folle. Lui parlerait-il encore de la Syrie, qu'il avait tant aimée ? De la Ferme cubique de Flúðirfjörður, qui avait depuis longtemps essaimé partout ? Ou de ses livres papier, dont il défendait avec foi la supériorité. Elle l'écouterait, souriant à ses références d'un autre temps, guettant derrière ses silences un aveu, un non-dit. Ils seraient de nouveau père et fille pour un temps.

La Polestar dépassa Jökulsárlón, maintenant désertée depuis la fonte du glacier. Le lagon, rendu à l'anonymat, n'était plus qu'un lac comme un autre, bordé sur un flanc par les vestiges du lit glaciaire. Elle savait que le lieu avait été beau, elle avait vu les photos de son père, les micro-icebergs flottant sur les eaux. Pour trouver le glacier, il fallait chercher loin, marcher des heures sur la moraine jusqu'à atteindre une maigre calotte sale, épuisée, alimentant à perte ses derniers ruisseaux, dont on vendait l'eau à prix d'or aux nouveaux touristes bhoutanais.

Le sandur, lui, n'avait pas bougé. On n'avait rien fait de cette belle étendue stérile et immuable, qui ne servait qu'à faire comprendre aux hommes leur petitesse. Bryndís regarda au loin, plissant le front : elle espérait apercevoir la silhouette des Vestmannaeyjar, et crut la deviner sur l'horizon, dans l'air vibrant au-dessus de l'écume. Finalement, le temps s'était accéléré, il lui avait suffi de s'abandonner au pur plaisir de voir pour filer plus vite encore.

Renonçant à conduire – à quoi bon prendre le volant ? – elle prit le parti de dormir, et commanda aux surfaces vitrées de la Polestar de s'obscurcir. On allait approcher d'une succession de villes tout entières dévolues au tourisme, avant de dépasser le parc à thème Geysir et ses cinq spas. Elle exécrait ces lieux artificiels où l'on charriait par bus entiers les sept millions de visiteurs annuels que le pays attirait désormais. On n'y voyait plus la terre, engloutie, bétonnée, étouffée. Ce n'était plus l'Islande.

Sur Reykjanes, à l'approche de Keflavik, un immense halo lumineux émergeait des champs de lave. L'aéroport égalait presque en taille le Schiphol d'Amsterdam, et le tiers du trafic nord-atlantique y transitait désormais. Bryndís se réveilla : à dix kilomètres de sa destination finale, l'ordinateur de bord avait progressivement rendu aux vitres leur d'origine, et annoncé d'une voix chaude à Miss Alvarsdóttir son arrivée, *on time*, dans sept minutes. Elle lui avait communiqué le numéro de vol, et la voiture avait choisi le *hub* de débarquement le plus proche.

Keflavíkurflugvöllur

L'enseigne géante était à la mesure du colosse, mais on circulait vite dans ses halls, guidé, au sol, par les signaux lumineux qui géraient les flux de passagers et visiteurs. Chacun regardait ses pieds, et on ne croisait que rarement un regard dans cette foule en quête d'un proche ou d'une porte d'embarquement. A 73, Hall G, West Europe Air, 15h45 : Alvare ne tarderait pas.

Bryndís se posta au point de rendez-vous qui lui était assigné, et attendit que les dalles menant à la porte encore fermée s'illuminent. Elles le guideraient vers elle. Un à un, les carrés de verre trempé dépoli s'éveillèrent. Les visages se tournèrent vers ce qui les séparait encore d'une amie, d'un frère. D'un père.

Il sortit le premier, son antique valise à roulettes à la main. Et lorsqu'ils se virent, le monde entier s'effaça.

DANS LA COLLECTION ROMAN

Gouverneurs de la rosée, Jacques Roumain
Nègre blanc, Jean-Marc Pasquet
Trilogie tropicale, Raphaël Confiant
Brisants, Max Jeanne
Une aiguille nue, Nuruddin Farah
Mémoire errante (coédition avec Remue-Ménage), J. J. Dominique
Dessalines, Guy Poitry
Litanie pour le Nègre fondamental, Jean Bernabé
L'allée des soupirs, Raphaël Confiant
Je ne suis pas Jack Kérouac (coédition avec Fédérop), Jean-Paul Loubes
Saison de porcs, Gary Victor
Traversée de l'Amérique dans les yeux d'un papillon, Laure Morali
Les immortelles, Makenzy Orcel
Le reste du temps, Emmelie Prophète
L'amour au temps des mimosas, Nadia Ghalem
La dot de Sara (coédition avec Remue-Ménage), Marie-Célie Agnant
L'ombre de l'olivier, Yara El-Ghadban
Kuessipan, Naomi Fontaine
Cora Geffrard, Michel Soukar
Les latrines, Makenzy Orcel
Vers l'Ouest, Mahigan Lepage
Soro, Gary Victor
Les tiens, Claude-Andrée L'Espérance
L'invention de la tribu, Catherine-Lune Grayson

Détour par First Avenue, Myrtelle Devilmé
Éloge des ténèbres, Verly Dabel
Impasse Dignité, Emmelie Prophète
La prison des jours, Michel Soukar
Coulées, Mahigan Lepage
Maudite éducation, Gary Victor
Je ne savais pas que la vie serait si longue après la mort, collectif dirigé par Gary Victor
Jeune fille vue de dos, Céline Nannini
L'amant du lac, Virginia Pésémapéo Bordeleau
La nuit de l'Imoko, Boubacar Boris Diop
Les chants incomplets, Miguel Duplan
La dernière nuit de Cincinnatus Leconte, Michel Soukar
Cures et châtiments, Gary Victor
Des vies cassées, H. Nigel Thomas (traduit par Alexie Doucet)
Le testament des solitudes, Emmelie Prophète
Première nuit : une anthologie du désir, collectif dirigé par Léonora Miano
La maison des épices, Nafissatou Dia Diouf
L'enfant hiver, Virginia Pésémapéo Bordeleau
Quartz, Joanne Rochette
Fuites mineures, Mahigan Lepage
Les brasseurs de la ville, Evains Wêche
Le vieux canapé bleu, Seymour Mayne
Volcaniques : une anthologie du plaisir, collectif dirigé par Léonora Miano
Le bout du monde est une fenêtre, Emmelie Prophète
Manhattan Blues, Jean-Claude Charles
Le parfum de Nour, Yara El-Ghadban
Le jour de l'émancipation, Wayne Grady (traduit par Caroline Lavoie)
Le petit caillou de la mémoire, Monique Durand
Bamboola Bamboche, Jean-Claude Charles
Nuit albinos, Gary Victor
Le bar des Amériques, Alfred Alexandre

De glace et d'ombre, H. Nigel Thomas
(traduit par Christophe Bernard et Yara El-Ghadban)
Le testament de nos corps, Catherine-Lune Grayson
La femme tombée du ciel, Thomas King
(traduit par Caroline Lavoie)
Sans capote ni kalachnikov, Blaise Ndala
Adel, l'apprenti migrateur, Salah El Khalfa Beddiari
Phototaxie, Olivia Tapiero
Écorchées vivantes, collectif dirigé par Martine Fidèle
Manikanetish, Naomi Fontaine
Sainte dérive des cochons, Jean-Claude Charles
160 rue Saint-Viateur Ouest, Magali Sauves
Masi, Gary Victor
Je suis Ariel Sharon, Yara El-Ghadban
Cartographie de l'amour décolonial, Leanne Betasamosake Simpson
(traduit par Arianne Des Rochers et Natasha Kanapé Fontaine)
Le rossignol t'empêche de dormir, Steven Heighton
(traduit par Caroline Lavoie)
Le chant de Corbeau, Lee Maracle
(traduit par Joanie Demers)
Les enfants du printemps, Wallace Thurman
(traduit par Daniel Grenier)
Ben Aïcha, Kebir Ammi
La balançoire de jasmin, Ahmad Danny Ramadan
(traduit par Caroline Lavoie)
Jonny Appleseed, Joshua Whitehead
(traduit par Arianne Des Rochers)
Débutants, Catherine Blondeau
Mère à Mère, Sindiwe Magona
(traduit par Sarah Davies Cordova)
On se perd toujours par accident, Leanne Betasamosake Simpson
(traduit par Arianne Des Rochers et Natasha Kanapé Fontaine)
Qu'importe le navire, Sharon Bala
(traduit par Véronique Lessard et Marc Charron)
Ayiti, Roxane Gay
(traduit par Stanley Péan)

Balai de sorcière, Lawrence Scott,
(traduit par Christine Pagnoulle)

Laisse folie courir, Gerda Cadostin

Les villages de Dieu, Emmelie Prophète

Dans le ventre du Congo, Blaise Ndala

Annie Muktuk et autres histoires, Norma Dunning
(traduit par Daniel Grenier)

Tisser, Raharimanana

Le K ne se prononce pas, Souvankham Thammavongsa
(traduit par Véronique Lessard)

Le chant de Celia, Lee Maracle
(traduit par Joanie Demers)

Noopiming. Remède pour guérir de la blancheur,
Leanne Betasamosake Simpson
(traduit par Arianne Des Rochers)

Ferdinand je suis à Paris, Jean-Claude Charles

Maisons vides, Brenda Navarro
(traduit par Sarah Laberge-Mustad)

Le testament des solitudes, Emmelie Prophète

Difficult Women, Roxane Gay
(traduit par Olivia Tapiero)

Tomber, Carlos Manuel Álvarez
(traduit par Éric Reyes Roher)

Seuil de tolérance, Thomas King
(traduit par Daniel Grenier)

Neiges des lunes brisées, Waubgeshig Rice
(traduit par Yara El-Ghadban)

Jamais l'oubli, Wayne Grady
(traduit par Catherine Ego)

Les racistes n'ont jamais vu la mer, Rodney Saint-Éloi et Yara El-Ghadban

Mon cœur bat vite, Nadia Chonville

L'or des mélèzes, Carole Labarre

La sirène de Black Conch, Monique Roffey

Édition — Rodney Saint-Éloi, Yara El-Ghadban

Révision — Nazik Dakkach

Correction — Monique Moisan

Direction artistique et design graphique — Julie Espinasse
Atelier Mille Mille

Œuvre en couverture — © Adam Basanta
Fontaine
Installation médias-mixtes, 2022
Installation view, AXENEO7, Gatineau QC
Crédit photo : John Healey

IMPRIM'VERT®

Mémoire d'encrier reconnaît l'aide financière du Gouvernement du Canada par l'entremise du Conseil des Arts du Canada, du Fonds du livre du Canada et du Gouvernement du Québec par le Programme de crédit d'impôt pour l'édition de livres, Gestion Sodec.

Mémoire d'encrier est diffusée et distribuée par :
Harmonia Mundi livre — Europe
Gallimard Diffusion — Canada

Dépôt légal : 3e trimestre 2022

ISBN (PAPIER) : 978-2-89712-880-7
ISBN (EPUB) : 978-2-89712-881-4
ISBN (PDF) : 978-2-89712-882-1

CIP : LCC PQ2725.O54 H67 2022 | CDD 843/.92—dc23

L'ouvrage *Hors-Sol* de Philippe Yong
est composé en Stanley regular, d'Optimo.
Il est imprimé en France sur du papier issu
de forêts durablement gérées et de sources
contrôlées en mai 2023 par CPI Firmin-Didot
pour le compte des éditions mémoire d'encrier.